김솔

1973년 광주에서 태어났다. 고려대학교 기계공학과를 졸업했다.
2012년《한국일보》신춘문예에 소설이 당선되면서 작품 활동을
시작했다. 소설집『암스테르담 가라지세일 두번째』,『망상,어語』,
장편소설『너도밤나무 바이러스』가 있다. 문지문학상,
김준성문학상, 젊은작가상을 수상했다.

KB108954

보편적
정신

보편적

정신

오늘의 젊은 작가 18

김솔
장편소설

민음사

"그럼 우리를 패배시킬 거라는 그 원칙은 뭔가?"

조지 오웰, 정희성 옮김,
『1984』(민음사, 2003), 378쪽.

창업주의 유일한 손녀, 그러니까 붉은 페인트의 제조 비밀에 대해 알고 있다고 알려진 다섯 명의 원로들 가운데 가장 나이 어린 그녀가 죽었을 때, 회사는 비상 경영 체제를 선언하고 사업의 미래를 걱정하지 않을 수 없었다. 그리하여 생존자 네 명과 은밀하게 접촉하여 비밀이 잘 보존되어 있는지 확인하는 한편, 페인트 제조 비밀을 전자 문서에 기록하고 최고 수준의 보안 기술을 적용한 뒤 노르웨이의 비밀 금고에 보관하되, 네 명의 원로들이 모두 동의하는 경우에만 그들의 홍채나 정맥 지도를 조합하여 금고를 열 수 있도록 허락하며, 각각 지명한 후계자들을 이사회에 참여시키려고 계획했다. 하지만 비밀을 알고 있다는 네 명의 생존자들 중 어느 누구와도 접촉할 수 없었기 때문에, 그녀의 죽음이 야기한 불안감을 극복하고 비상 경영 체제를 해제하기 전까지, 그러니까 그것이 제1종 과오라는 사실을 깨닫기 전까지, 장장 7년 동안 회사는 불안감과 시행착오 사이에서 표류하지 않을 수 없었다. 특히 전략팀과 영업팀, 구매팀은 본연의 업무를 전폐한 채 붉은 페인트의 비밀과 관련된 소문의 진위를 확인하는 일에만 전념했는데, 창업주와 조금이라도 친분이 있을 만한 사람들을 모두 찾아내어 회유하고 협박했으며 심지어 고문까지 불사했으나 끝내 목적을 이루진 못했다. 굳이 전략을 수정하거나 투자를 늘리지 않아도 사업이 호황을 이어 가자, 회사는 7년 동안에 소모한 비용과 사라진 소비자들, 그리고 스스로 포기해 버린 이익을 안타깝게 여기지 않을 수 없었다.

존립과 성장을 위협할 만큼 치명적인 것으로 간주되었으나, 막대한 비용과 노력을 쏟아부어 조직의 구조와 프로세스, 환경, 시설, 인력 등을 대대적으로 개조한 뒤에도 거의 제거되지 않았을 뿐만 아니라 나중에 영향력이 과대평가된 것으로 판명된 실수를 제1종 과오(Type I Error)라고 부른다. 20세기 말 전 세계를 공포 속에 몰아넣었던 밀레니엄 버그*가 대표적

---

* Millennium bug. 연도를 두 자리로 인식하는 컴퓨터가 2000년을 1900

인 제1종 과오다.

반면에 제2종 과오(Type II Error)는 EHS*팀이 사라졌을 때 발생했다. 그 조직이 사라졌을 때, 회사는 그 결과가 사업에 치명적인 영향을 미칠 것이라고는 전혀 예상하지 못했다. 그도 그럴 것이 회사는 매년 노동계약과 윤리 강령의 갱신을 통해 엄격한 안전 수칙과 처벌 조항을 전 사업장에 적용하고 있을 뿐만 아니라 세계 최고 수준의 복지 혜택을 직원들에게 제공하고 있으며, 각국 정부나 국제기구가 주도하는 환경 보호와 사회 공헌 사업에 매년 천문학적 금액을 무기명으로 기부하고 있었기 때문에, 게다가 회사의 최첨단 시스템은 조직이나 직원들의 개입 없이 스스로 작동하고 있었기 때문에, 설령 EHS팀이 사라진다고 한들 아무런 변화도 일어나지 않을 것이라고 판단했다. 오히려 EHS팀의 지나친 간섭과 예방 조치가 게으르고 의존적인 직원일수록 조직에 더 잘 적응할 수

년으로 인식했을 경우 컴퓨터로 관리되는 모든 체계가 마비되어 전 지구적 재앙이 도래할 것이라는 전망이 이어지자 세계 각국은 경쟁하듯 다양한 예방 조치를 취했으나, 2000년 1월 1일에 고작 몇 건의 미미한 오류만이 보고되었을 뿐이다.

* Environment, Healthy and Safety. 산업 현장에선 오래전부터 환경 안전 보건이라는 용어가 사용되어 왔으나, 최근 각국의 법적 조항이 강화되면서 광의의 의미를 추가하고자 영문으로 표기하는 걸 선호하고 있다.

있는 환경을 조성해 왔다는 불평이 직원들 사이에 팽배해 있었으므로, 어느 월간 회의에서 EHS팀의 폐지가 갑작스레 결정되었을 때 저항은 거의 없었다. 조직 통폐합 과정에서 사라진 조직의 역할은 다른 조직으로 이관시키는 게 관례였으나 아무런 조치도 수반되지 않았고, 이로부터 7년 뒤에 회사는 100년에서 1년이 모자란 역사를 지닌 채 완전히 사라지는 운명을 맞이했다.

제2종 과오란 별다른 조치 없이 방치되었다가 훗날 돌이킬 수 없는 결과를 유발시킨 실수를 가리킨다. 1920년 2월 24일 뮌헨의 호프브로이에서 연설을 하던 서른한 살의 아돌프 히틀러를 향해 2000여 명의 청중들이 쏟아낸 환호가 여기에 해당될 수 있겠다.

그리고 개인이나 조직이 제1종 과오를 일으킬 확률을 알파 리스크(Alpha risk), 제2종 과오를 일으킬 확률을 베타 리스크(Beta risk)라고 정의한다. 사소한 실수를 치명적인 것으로 여기는 경우보다는 치명적인 실수를 사소한 것으로 무시하는 경우가 훨씬 더 자주 발생하기 때문에 당연히 베타 리스크를 줄이는 게 중요하다. 하지만 유감스럽게도 인간이나 조직이 쉽게 감지하고 적극적으로 대처할 수 있는 것은 베타 리스크가 아니라 알파 리스크이다. 결국 제1종 과오를 반복함으로써 제2종 과오를 줄일 수밖에 없다. 이는 마음을 직접 단련할 수 없기 때문에 부득이 몸을 통해서 마음을 단련할 수밖에 없다는 어느 선사의 가르침과 일맥상통한다.

회사는 조직을 직접 통제하고 혁신할 수 없기 때문에 직원들을 육성하고 적응시켜 그 결과를 조직에 반영해 왔다. 이는 샬레 속의 짚신벌레들이 따르는 전략과는 정반대이다. 인구가 식량 증산의 속도보다도 더 빠르게 늘어나다 보면 필경 전쟁과 굶주림 때문에 공멸할 것이라고 예측한 맬서스를 무색하게 만든 그 벌레들은 생존의 한계점에 다다르면 더 이상 번식을 멈추고 일정한 개체수를 유지한다. 하지만 그것들은 샬레로 한정된 세계를 바꿀 시도조차 하지 않는다. 그저 자신들이 살해한 동족을 먹어 치우면서 파라다이스를 운영하는 것이다. 회사는 이와 달랐다. 직원들의 숫자를 조정하여 조직과 사업을 유지한 게 아니라 오히려 조직과 사업의 크기를 탄력적으로 조정하여 직원들의 숫자를 유지했던 것이다. 질병이나 불의의 사고, 그리고 자연스러운 죽음 때문에 더 이상 노동 계약서를 연장할 수 없는 자들 이외엔 어느 직원도 강제적으로 해고하지 않았다. 하지만 몰락하기 수년 전부터 회사는 사업의 좌표와 조직의 유연성과 직원들에 대한 애정을 잃은 채

무기력해져서 소비자와 시대의 요구를 수용하지 못했다. EHS팀의 간섭으로 조직 간의 협업이 어려워지고 업무 효율도 악화되고 있다는 진단에는, 직원들이 의견을 자유롭게 표현하고 뜻을 같이하는 자들끼리 자발적으로 뭉쳐 또 다른 조직을 만들어 새로운 목표와 역할을 창출하던 회사의 오랜 전통이 전혀 고려되지 않았으므로, EHS팀의 폐지 이후로 회사는 더 이상 직원들의 육성과 적응을 고민하지 않게 되었을 뿐만 아니라 그들 일부를 조직과 사업에 부정적인 영향을 미치는 잉여로 여기고, 그들의 무위도식을 대체할 프로세스를 도입하기 시작했다. 그리하여 EHS팀이 사라진 뒤부터 조직의 숫자는 급격히 줄어들기 시작했고, 각 조직의 역할과 목적이 모호해지더니, 회사가 완전히 소멸하기 직전에는 창업 당시처럼 생산팀 하나만 남았다. 그마저도 반년 만에 사라졌건만 직원들은 회사가 사라진 뒤 3년 동안 그 사실을 알아차리지 못했다.

EHS팀이 사라지고 얼마 지나지 않아 세계 각 지역의 사업장에서 불길한 사건들이 연쇄적으로 일어났다. 우선 루마니아 공장의 염료 보관 창고가 불에 탔다. 간신히 불길을 잡고 창고 안으로 들어선 소방관들은 눈앞에서 날아다니는 것들을 처음엔 불티라고 생각했다. 하지만 그것들이 자신의 방독면에 들러붙어 꿈틀거리자 놀라지 않을 수 없었는데, 높은 열기와 유독 가스 속에서도 생명체가 살아남을 수 있다는 사실을 도저히 이해할 수 없었기 때문이다. 방독면에 들러붙은 것들을 손으로 털어 내려 하자 짓이겨지면서 시야를 온통 붉은색으로 뒤덮어서 어디가 불길이고 어디가 통로인지 구분할 수 없게 되었다. 물로도 잘 닦이지 않자 소방관들은 방독면을 교체하기 위해 후퇴하지 않을 수 없었다. 그 정체불명의 생명체가 연지벌레*일지도 모른다는 추측을 완성하기 위해 루마니아 공장의 직원들은 오랫동안 격렬한 토론을 벌여야 했다. 그것들은 페루의 원주민들에 의해 채집되자마자 완전히 건조되어 유통되는 데다가 장거리 이동 과정에서 습기에 노출되었을 경우를 걱정하여 루마니아 공장은 최종 염료를 창고에 보관하기에 앞서 열네 가지의 검사와 건조 작업을 추가로 실시한다. 설령 몇 마리가 용케 산 채로 창고에 숨어들었다고 한들 최첨단 방재(防災) 시설과 방제(防除) 시설을 갖춘 그곳에서 먹이나 은신처를 구할 수 없을 터이니 번식과 생존은 거의 불가능하다. 소방관들의 방독면에 눌어붙은 벌레의 생

---

* 깍지벌렛과. 노란색을 띠며 암컷의 몸길이는 3~5밀리미터이고 수컷은 이보다 작다. 깍지벌레, 조개벌레(Coccus cacti)라고도 불린다. 주로 프리클리페어(Prickly pear) 선인장의 줄기 위에서 자란다. 암컷 연지벌레만을 골라내어 말린 뒤 물에 넣고 끓이면 카르민산(Carminic acid)이 추출되는데 여기에 알루미늄이나 칼슘염을 첨가하면 붉은색 유기 염료를 얻을 수 있다. 전 세계에서 소비되는 연지벌레 의 85퍼센트가 페루에서 채집된다.

김새도 직원들이 익히 알고 있는 것과 전혀 달랐다. 매일 수백 명의 직원들이 창고에 드나들었는데도 그 벌레들이 발견되지 않았다는 사실 또한 쉽게 납득이 되지 않았다. 복구 작업이 시작되었을 때, 회사는 비밀리에 소방관들의 방화복과 방독면을 수거하여 붉은 얼룩에 대한 성분 검사를 실시했으나 자사 상품과의 유사성을 찾아내지 못했다. 결국 회사는 화재의 불빛을 보고 몰려든 미기록종 깍지벌레로 결론지은 뒤 불탄 창고를 없애고 옆 공터에 새로운 창고를 세웠다. 하지만 얼마 지나지 않아 정체 모를 벌레들이 ── 염료 보관 창고의 화재 당시 발견된 벌레와는 형상과 습성이 달랐을 뿐만 아니라 내장에선 노란 액체가 흘러나왔다 ── 검은 스모그처럼 창고 주변과 인근 도시로 몰려들어, 해를 가리고 공기와 식수를 오염시켰으며 벽과 지붕을 노랗게 물들였다. 시 당국이 대대적인 소독 작업을 실시했지만 상황은 조금도 나아지지 않았다. 회사의 사업에 호의적이었던 시장(市長)은 원인을 찾고 회사에 청구할 손해 배상 금액을 산출할 때까지, 적어도 시민들의 불만이 잠잠해질 때까지, 공장을 폐쇄하라고 명령했다. 출근을 멈춘 직원들은 차례차례 피부병을 앓기 시작했다. 너무 간지러워서 그들은 제대로 잠을 잘 수도, 먹을 수도, 앉아 있을 수도, 생각할 수도 없었다. 치료약은커녕 진통제조차 찾을 수 없었다. 생명에는 지장이 없었지만, 치료약이 발명되지 않는다면, 그들은 죽기 전까지 쉬지 않고 몸을 긁어 대느라 손가락이 모두 굽고 피부가 모조리 벗겨져 나갈 것 같았다. 피부병과 벌레들 사이의 상관관계가 밝혀지지 않았는데도 시장은 공장 직원들의 외부 출입을 금지시켰다. 생존에 필요한 최소한의 음식들을 일주일에 한 번씩 공무원들이 대신 구매하여 집까지 배달해 주었고 일체의 비용은 그들의 노령연금 수령액에서 차감했다. 공장 폐쇄와 가택 연금 기간이 예상보다 훨씬 길어지자 직원들의 범죄와 자살이 이어졌고 그들의 시체 속에서 또다시 어마어마한 숫자의 벌레들이 태어나서 루마니아 전역을 완전히 뒤덮었다. 결국 루마니아 정부는 공장을 몰수하고 직원들을 소개(疏開)했다. 공장과 직원들의 빈집은 즉시 철거되었으며 새롭게 평지가 된 자리들을 아스팔트 도로로 연결했다. 훗날 회사가 사라지고, 붉은 페인트의 비밀을 알고 있던 다섯 명의 원로들 중 마지막 생존자마저 죽음을 두어 시간 앞두고 있었을 때, 그의 침실을 가득 채웠다가 흔적도 없이 사라진 누런 연기도 그 벌레들에게서 비롯되었다는 사실은 전혀 알려지지 않았다.

두 번째 불길한 사건은 나이지리아 공장의 수조 안에 보관되어 있는 폐수가 원주민들에게 만병통치약으로 알려지면서 시작되었다. 누가 어떤 의도로 그런 소문을 퍼뜨렸는지는 확인되지 않았지만——그 공장 부지 아래로 엄청난 규모의 다이아몬드 광맥이 흐르고 있다는 확신에 사로잡혀 오래전부터 그 공장 부지를 매입하려고 접촉해 온 백인 사업가들과 그들을 후원하고 있는 나이지리아 정치인들, 그리고 조상의 땅을 헐값에 팔아넘긴 부족장들을 그 소문의 배후로 의심할 수는 있었다. 회사는 세계적으로 권위 있는 지질 탐사 회사에 조사를 맡기고 그 결과를 가감 없이 언론에 공개했다. 백인 사업가들은 투자 의사를 철회했으나, 그들의 무기력한 퇴장이 정권의 실패와 연관되는 걸 두려워한 정치인들과 부족장들은 다국적기업의 역겨운 탐욕 때문에 나이지리아의 영혼이 파괴되고 있다는 주장을 굽히지 않았다——현대 의학으로도 어찌할 수 없는 불치병에 고통받던 원주민들 몇 명이 야심한 밤에 공장의 담을 뛰어넘어 불법으로 채취해 간 폐수를 한 달가량 꾸준히 마신 덕분에 완치되었다는 소문이 나이지리아 전역으로 퍼졌다. 그러자 대낮에도 수천여 명의 사람들이 공장 입구로 몰려들어 폐수조를 개방하라고 시위하면서 자재와 상품의 공장 출입을 막았다. 이로 인해 회사는 막대한 손해를 입게 되었으나 시위대를 강제로 해산시키려는 시도를 자제한 채 소란이 제풀에 꺾이기만을 묵묵히 기다렸다. 하지만 회사의 미온적 대응은 오히려 소문을 진실로 착각하게 만드는 결과를 초래해 날이 갈수록 시위대의 규모는 불어났고 정치적인 구호 속에서 조직적으로 행동하기 시작했다. 국경을 건너온 자들까지 합류하자 그들은 공장의 출입문과 담장을 강제로 부수고 안으로 몰려 들어갈 방법을 모색하기에 이르렀는데, 이때 시위대의 요청을 받고 등장한 반군의 최신 화기가 빛나는 활약을 했다. 반군에겐 무기를 구입할 자금이 필요했고 그 지역엔 광물이나 작물, 노예와 같은 환금 상품이 넉넉지 못했으므로 만병통치약을 독점할 기회를 그들이 놓칠 리 없었다. 회사는 급히 세계적 권위의 의사들과 역학 조사 업체를 불러들여 폐수의 성분을 검사하고 동물 임상 실험을 실시하는 한편, 여전히 그 공장 부지 아래로 다이아몬드 광맥이 흐르고 있다고 믿는 자의 숫자가 전체 원주민의 과반수에 이른다면 공장을 폐쇄한 뒤 부지를 기꺼이 정부에 헌납하겠다는 성명까지 발표했으나, 이방인들의 거짓말에 속아 이미 수 세기 동안 착취당해 온 원주민들을 조금도 진정시킬 순 없었다. 결국 반군의 초인적인 노력 덕분에 공장의 출입문과 담장이 무너져 내리자 수만 명의 시위대는 폐수조에 먼저 도착하기 위해 앞다투어 달리기 시작했다. 회사는 불상사를 최소화하기 위해 폐수조의 마개를 뽑아 폐수를 하수구에 모두 쏟아버리고 공장 밖으로 도망치라고 직원들에게 명령했다. ─ 이것은 회사의 100년 역사상 직원들이 회사로부터 직접 명령을 받은 최후의 사건이었다 ─ 하지만 폐수가 채 절반도 하수도로 빠져나가기 전에 시위대 선두, 그러니까 반군의 척후병들이 폐수조에 도달했고 그들은 간단하지만 확실한 조치를 통해 마개를 막는 데 성공했다. 그러더니 도망치는 직원들은 뒤쫓을 생각도 하지 않고 오히려 자신들을 뒤따라오는 시위대를 향해 발포하기 시작했다. 살아남은 자들은 즉시 바닥에 엎드린 채 총알이든 만병통치약이든 받아들여야 하는 자신의 차례를 기다렸다. 가장 먼저 만병통치약을 나누어 마신 반군들은, 방아쇠를 당길 수 있을 만큼 성장한 열 살 이상 된 남자들을 시위대에서 골라내어 한 줄로 세운 뒤 무장혁명에 참여하겠다는 서약을 받고 그들의 수통을 채워 주었다. 시위대의 젊은 여자들은 반군들의 오물들을 제 몸에 쏟아 넣은 뒤에야 겨우 한 바가지를 얻을 수 있었다. 무기를 들거나 다리를 벌릴 수는 없으나 돈이나 보석을 건넨 자들에게도 반군들은 소지품의 환금 가치와 상관없이 한 바가지씩 나누어 주었으나, 자신들을 향해 방아쇠를 당기지 못하도록 그들의 집게손가락을 잘랐다. 무엇으로도 반군의 호의를 얻어 낼 수 없었던 자들은 불완전하게나마 남아 있는 목숨이라도 부지하기 위해 필사적으로 사지를 움직이면서 도망치지 않으면 안 되었다. 한나절이 지나자 산 사람들과 죽은 자들 사이에서 평온한 질서가 생겨났고 반군의 우두머리는 의기양양하게 비디오 카메라 앞에 서서 언론에 배포할 자료를 준비했다. 하지만 갑자기 숨통과 혈관을 조여 오는 강력한 악력에 사지가 오그라들면서 그는 성명서를 끝까지 읽지 못한 채 바닥에 쓰러졌고 토악질을 연발하다가 몸을 번데기처럼 웅크린 채 죽었다. 만병통치약을 들이켠 자들 중에 그와 다른 처지에 놓인 자는 단 한 명도 없었다. 거짓말을 하지 않는 이방인들도 존재한다는 사실을 그들은 살아서 결코 깨닫지 못했다. 시체 썩는 냄새는 산 자들의 불치병을 더욱 악화시켰다. 그 시체를 먹은 야생동물들이 먹이사슬을 따라 연쇄적으로 죽어 가는 비극이 오랫동안 이어졌다. 반군의 완강한 저항 때문에 수세에 몰려 있던 정부군은 신의 은총에 감격했지만 차마 연옥까지 영토로 편입시키려는 엄두조차 내지 못한 채, 전투기로 폭탄을 투하하여 공장과 그 주변을 완전히 파괴했다. 공장 부지 아래에 매장되어 있을지도 모를 다이아몬드 광맥이 드러나길 기대하며 필요 이상의 폭탄을 사용했지만 연옥의 깊은 구덩이 속에서 반짝이는 것은 아무것도 없었다.

중국 공장에서 세 번째 불길한 사건이 발생했다. EHS팀이 사라진 뒤로는 세계 곳곳에 산재해 있는 사업장에서 일어난 사건들의 경위와 원인, 사업에 미칠 영향 등을 다각적으로 파악하는 게 거의 불가능해졌지만, 중국 언론들의 경쟁적인 보도 덕분에 사건의 전모와 피해의 규모를 충분히 짐작할 수 있었다. 그 사건을 재구성하자면 다음과 같다. 중국 어디에서나 쉽게 만날 수 있을 만큼 평범한 외모의 중씰한 남자가 철제 드럼통을 만드는 공장에 어느 날 밤 몰래 침입하여 생산 시설을 파괴하다가 체포되었다. 언론사에 배포할 목적으로 범죄 직전에 미리 작성해 온 성명서에서 그는 자신을 열일곱 살 때부터 30년 동안 대장간에서 성실하게 일해 온 노동자이자 빈농의 맏이들이며 두 아이의 아버지라고 밝히면서, 중국 노동자들 전체의 가난과 성실함을 이용하여 막대한 이익을 챙긴 뒤에도 자신들에게 헌신한 대다수의 하청 노동자들의 열악한 환경과 처우를 개선하는 데 전혀 노력하지 않는 다국적기업의 탐욕과 비정함을 고발하고 더 이상 중국의 인본주의 전통을 파괴하지 못하도록 경고하기 위해 부득이 폭력을 행사할 수밖에 없었으며, 설령 자신이 종신형을 받아 감옥에서 쓸쓸하게 죽게 되더라도 후대 역사가들이 자신의 명예를 회복해 줄 것이라고 굳게 믿기 때문에 자신의 행동을 결코 후회하지 않을 것이라고 주장했다. 그는 청나라 말기 서구 열강으로부터 자국의 산업과 노동자들을 지키기 위해 분연히 일어났던 의화단의 역사에 대해 자세히 알고 있었다. 그의 행동은 다국적기업의 투자를 유치하기 위해 공을 들이고 있는 정부에 치명상을 입힐 수 있었으므로 처음엔 그저 영웅심과 국수주의에 경도된 과대망상증 환자의 일탈 행위로 치부되었다. 그가 오랫동안 신경쇠약증을 앓고 있다는 사실도 강조되었다. 하지만 국수적 성향의 언론들이 이 사건을 크게 부각시켜 중국인들의 역사의식을 자극하는 한편 외국인에 대한 반감을 선동하자, 결국 중국 정부는 다국적기업의 횡포로부터 중국 노동자들의 건강과 재산을 보호할 수 있는 정책을 강화하겠다고 약속했다. 그리고 이 사건의 단초를 제공한 회사에 대해 대대적인 실태 조사를 실시했으나 수개월 동안 수천여 명의 공무원들을 동원하고도 회사의 조직과 규모, 실적은커녕 직원들 숫자조차 파악하는 데 실패하자 ― 정부에 제출했던 수만 건의 서류들은 아무런 진실도 말해 주지 않았다 ― 결국 중국 정부는 국제법에 전혀 기반을 두지 않은 법령을 졸속으로 발명해 내어 회사에 막대한 세금을 부과하는 한편 하청 업체 노동자들에게 특별 보상금을 지불하도록 명령했다. 이런 일련의 조치는 다국적기업 소유의 사업장에서 일하는 중국인 노동자들의 조직적 파괴 활동 ― 호사가들이 제2의 러다이트 운동이라고 부르는 ― 을 부추기는 결과를 초래했고, 작업 환경 개선과 임금 인상을 약속하는 회사들이 늘어나면서 수천 년 전통의 중국식 인본주의를 부활시켰다. 제2의 네드 러드(Ned Ludd)* 또는 제2의 조삼다(趙三

---

* 1811~1817년 영국의 직물 공업 지대에서 일어났던 기계 파괴 운동을

多)**로 칭송받게 된 남자는 불법 침입 및 재물 손괴죄로 1년 6개월의 실형을 선고받았으나 여론의 압박을 못 이긴 정부의 특별 사면 조치에 따라 투옥된 지 반년 만에 영웅의 풍모로 출소한 뒤 대중 강연자로서 유명세를 이어 갔다.

　이런 사건들로 세 곳의 사업장들이 모두 폐쇄되면서 회사는 더 이상 상품을 생산할 수 없게 되었건만 절체설명의 위기를 감지한 직원은 단 한 명도 없었다. 왜냐하면 세계 도처에 위치하고 있는 물류 창고에는 수십 년 동안 전 세계 소비자들의 주문을 감당할 수 있을 만큼의 재고가 쌓여 있어서 회사는 정상적으로 운영되었기 때문이다. 오히려 직원들의 사기를 북돋고 소비자들에게 신뢰를 유지하기 위해서라도 회사 창립 100주년 기념행사를 성대하게 치러야 하며 미래 가치에 공격적으로 투자해야 한다는 의견이 잠시 힘을 얻었으나, 영혼과 육체를 함께 지닌 유기적 존재로서 회사는 고작 한밤중의 허

주도한 우두머리로 알려졌으나 실존했는지는 확실하지 않다. 알 수 없는 이유로 기계가 망가지면 노동자들은 네드 러드가 한 짓이라고 변명했고, 기계를 고의적으로 파괴하다가 붙잡힌 자들 역시 네드 러드 장군의 명령에 따랐을 뿐이라고 대답했다.

** 19세기 말 '부청멸양(扶淸滅洋)'의 기치 아래 서양에서 전래된 철도와 성당, 전신주 등을 파괴하고 기독교도들을 학살하던 의화단의 우두머리 중 한 명이다.

기를 해결하기 위해 제 팔다리를 잘라 삼킬 만큼 어리석지는 않았다.

회사는 점점 가깝게 다가오는 절멸의 운명에서 벗어날 유일한 방법이라곤, 창업주가 연금술사에게 배웠다는 신비로운 붉은 페인트를 재현하는 것밖에 없다는 결론에 이르렀다. 그래서 모든 조직들을 생산팀 하나로 통합한 뒤, 모든 인력과 자금을 오로지 한 가지 목적에 쏟아부었다. 하지만 회사는 성공이 불투명한 기술 개발 계획을 직원들과 소비자들에게 공개적으로 밝히지 않았는데, 연구 개발 비용과 인건비를 줄이고 생산 효율을 높이는 것이 위기를 극복하는 가장 확실하고 빠른 방법으로 알려져 있으므로, 연구개발팀 대신 생산팀에 이 프로젝트를 할당하되 생산 활동보다는 기술 연구에 점점 더 많은 인력과 자금을 투입함으로써 직원들과 소비자들을 안심시키려는 의도 때문이었다. 대부분의 직원들은 페인트 제조에 사용되는 재료들이나 그것들 사이의 화학 반응식에 대해 전혀 알지 못했으나, 회사가 궁극적으로 개발하려는 상품의 성공에는 정신적인 요소들이 물질적인 것들보다 더 중요한 영향을 미친다는 사실만큼은 충분히 이해하고 있었기 때문에, 하나같이 자신을 창의력이 뛰어난 엔지니어로 간주하고 프로젝트에 적극 참여했다. 그러니까 화학과

물리학에 조예가 깊은 직원들이 물질들을 적절히 섞고 화학
반응을 일으켜서 시료의 절반을 만들어 내면, 나머지 절반
은 문학과 철학, 언어와 역사를 전공한 직원들이 의미와 논리
를 부여하는 방식으로 분업이 이루어졌던 것이다. 하지만 모
두가 우려한 바대로, 하나를 없앨 때마다 두 개 이상으로 늘
어나는 변수들과 이들을 조합할 때 필연적으로 발생하는 논
리적 모순 때문에 실험은 매번 참담한 실패로 끝났다. 수백
만 번의 실험에 적용된 각각의 조건과 결과를 효율적으로 관
리할 조직이 없었고 그것들의 예민한 인과관계를 분석할 프
로세스도 없었다. 신비로운 붉은 페인트를 만드는 데 가장 절
대적인 영향을 끼칠 게 분명한 연지벌레 가루를 예로 들자면,
물질적 요소들을 조합하여 시료를 만들어 내는 직원들은 그
것의 물성에 영향을 미칠 수 있는 변수들을 수만 개 정도 찾
아냈는데, 원재료 본래의 유전적 특성에 따라 우선 분류하
고, 각각을 채집한 환경과 방법에 따라 다시 분류한 뒤, 건조
하는 방법과 조건, 이동 수단으로 분류했다. 그래서 우선 연
지벌레 본연의 크기와 형상, 무게, 색깔, 행동 양태, 촉감, 냄
새, 먹이, 천적, 산란 횟수 등으로 분류한 다음, 각각의 시료들
을 다시 채집 시기, 채집 장소, 평균 기온, 습도, 위도, 해발 고
도, 공기 성분, 수질, 풍속 및 풍향, 태양 흑점의 폭발 주기, 별
자리, 채집 도구, 채집자의 인종과 연령 등에 따라 분류했을

뿐만 아니라, 건조 장소, 건조 설비, 건조 온도, 건조 시간, 함습도, 보관 장소, 보관 온도, 보관 습도, 보관 기간, 재료의 이동 수단 등의 항목들을 분류표에 추가했다. 반면 정신적 요소들을 찾아내는 역할을 맡은 직원들은 주로 재료와 연관된 문화와 역사, 언어, 신화, 정치, 철학, 종교, 경제, 예술 등에 천착했으니, 연지벌레에서 최초로 붉은색 염료를 추출했던 아스테카문명의 역사 및 의복, 음식, 언어, 종교, 신화, 문자, 정치 구조 등을 파악하는 한편, 신대륙을 찾아나서야 했던 유럽 왕조의 갈등, 정략적 결혼과 전쟁, 가뭄과 기근, 르네상스 사상, 기독교와 이슬람의 갈등, 문명 이식론과 문명 충돌론, 아메리카 정복의 역사, 은본위제, 예수회 선교사들의 활동, 아메리카 원주민들의 저항, 아프리카 노예의 등장, 커피와 향신료의 전파, 종교 개혁 사상, 사회 계급의 분화, 자본주의의 역사, 계몽주의 사상, 유물론 등을 궁구하여 그 안에서 제5원소를 발견하기 위해 애썼다. 프랑스에 거주하고 있는 몇 명의 직원들은 반년이 넘게 국립도서관에 머물면서 18세기 백과사전 학파들에 의해 발간된 저작물들을 모두 검토하고 주석까지 달았다. 물질과 정신의 재료를 각각 다루던 두 부류의 직원들이 발견해 낸 변수들을 조합한 결과, 시료 창고에 보관된 수천만 가지의 시료들 중 동일한 특성을 지닌 것은 단 하나도 없었으므로, 각각의 시료로 100여 가지의 실험을 진행하고 그 결과를 모두 확인하려면 많은 시간과 인내가 필요했다. 그마저도 실험 도중에서 새롭게 발견되는 변수들까지 고려하느라 실험의 진행 속도는 더욱 느려지고 그에 비례하여 실패의 가능성은 더욱 높아졌다. 모든 조직이 생산팀 하나로 통합된 이후에도 전혀 수정되지 않은 채 작동하는 프로세스 역시 장애물이었다. 예전 같으면 한 조직의 담당자가 다른 조직의 담당자로부터 전달된 질문에 답변하고 새로운 질문을 만들어 다음 조직에 전달함으로써 각 조직과 직원들의 역할이 명확하게 구분되었는데, 생산팀으로 통합된 뒤부터는 한 직원이 같은 조직의 동료로부터 전달받은 질문에 여러 개의 상반된 답변과 질문을 기재한 채 같은 조직의 동료에게 전달했기 때문에, 질문을 보강하기 위한 질문과 답변을 설명하기 위한 답변이 이어지는가 하면 질문이 답변으로 변질되고 답변이 질문을 선행하는 상황까지 벌어지면서, 어느 질문과 답변이 회사의 최종 결정에 수용되었고 어느 것이 거부되었는지 구분할 수 없게 되었다. 그래도 우연이 역사 속에서 얼마나 위대하고 많은 일들을 처리해 왔는지 잘 알고 있는 직원들은 상투적인 결말을 기대하면서 자신의 업무를 묵묵히 처리했으며 희생의 이타적 목적을 점점 깨달아 갔다. 하지만 현재는 더 이상 질문을 생산하는 시대가 아니라 오히려 답변만을 소비하는 시대이기 때문에, 질문이 불어날수록 불안감도 함께 커졌고, 결국 그 무의미한 질문들이 회사를 절멸시켰다고 말할 수도 있겠다. 회사의 마지막 1년 동안에 다루어진 질문들의 숫자는 그해 인류 전체가 소비한 답변들의 그것보다 많았을 것이다. 그리고 수백 만 번의 실험 조건과 결과를 기록한 문서가 회사와 함께 완전히 사라지지 않았더라면 인류의 정신적 영역은 훨씬 풍요로워졌으리라. 하지만 인류는 회사의 소멸로부터 아무런 교훈도 얻어 낼 수 없었다. 그리하여 인류가 회사와 똑같은 시행착오를 겪게 될 것이라는 비관은 여전히 유효했다.

창업주가 신비로운 붉은 페인트를 만들어 내기 위해 자신의 작업실에서 혼자 시도했던 방법도 회사 직원들의 그것과 크게 다르지 않았다. 창업주는 연금술사 스승이 페인트 제조에 필요한 재료를 준비하기 시작할 때부터 완성된 페인트를 시약병 속에 담을 때까지 모든 것 — 재료들의 종류, 용량, 배합 순서뿐만 아니라 각 작업별 소요 시간과 온도, 습도, 소리, 풍향, 냄새, 별자리, 실험실의 위치와 방위, 고도, 심지어 스승이 각각의 작업을 진행하던 위치와 동작, 복장, 숨소리, 표정, 그리고 실험에 앞서 먹었던 음식과 배변의 양까지 — 을 관찰하고 세밀하게 기록했기 때문에 그 기록을 충실히 따르기만 한다면 혼자서도 비밀을 재현해 낼 수 있을 것이라고 확신했다. 하지만 실험에서 번번이 실패할 때마다 창업주는 며칠

동안 식음을 전폐한 채 자신이 놓친 것이 무엇인지 골몰했다. 연금술의 성패는 정확한 재료를 정확하게 배합하는 데 있는 게 아니라, 조물주가 모든 재료들을 창조할 때 부여했던 고유한 성질과 그것들 사이의 관계를 정확히 이해한 뒤 그것들의 반응 방향과 속도를 적절히 조절하여 제5의 원소가 깃들도록 유도하는 능력에 달려 있는데, 그건 결코 스승이나 책을 통해 한꺼번에 배울 수 있는 게 아니라 부단한 수련과 자기 정화를 통해서만 천천히 체득할 수 있다고 스승은 거듭 강조했다. 창업주는 실패뿐인 실험을 여든의 나이가 되어서야 겨우 멈추면서, 예민한 감각과 지적 능력을 조물주에게서 허락받은 자만이 연금술을 통해 육체와 영혼을 해방시킬 수 있으며 자신의 스승이야말로 헤르메스 트리스메기스투스*의 마지막 자손이었다는 결론에 이르렀다. 그리고 자신에게 적어도 죽음만큼은 확실하게 예정되어 있다는 사실을 축복처럼 받아들였다.

창업주는 침대에서 죽음을 맞이하지 않고 집 밖으로 찾아나섰다가 행방불명되었다. 이를 두고 여러 가지 흥미로운 이야기들이 만들어졌는데, 신비로운 붉은 페인트를 절반은 마

---

* Hermes Trismegistus. '세 배 위대한 헤르메스'라는 뜻으로 연금술과 점성술, 신성 마법의 진리를 관장한다. 그의 개입 없이 현자의 돌(Philosopher's stone)을 얻는 건 불가능하다.

시고 절반은 몸에 바른 덕분에 주변 환경에 따라 피부색을 바꿀 수 있을 뿐만 아니라 만물과 자유롭게 대화할 수 있게 되어 숙식에 대한 걱정 없이 벌거벗은 채로 세상을 여행했다는 이야기도 포함되어 있다. 벌새를 타고 집으로 돌아와 그는 흔들의자 위에 앉아서 평온한 죽음을 맞이했는데, 자신은 결코 집 밖에서 죽지 않을 것이며 죽은 뒤에도 결코 집을 떠나지 않을 것이라던 그의 호언장담을 기억하는 가족과 하인들은 집 안에서 정체 모를 것에 발부리가 걸려 바닥에 넘어지거나 물건을 떨어뜨릴 때마다, 그곳에 창업주의 보이지 않는 육신이나 영혼이 놓여 있었다고 간주하고 허공에 대고 정중히 사과했다. 그러고는 그날 저녁 반드시 식탁 위에 감자튀김을 올려놓고 자동차 경주 영상을 자정까지 틀어 놓는데, 말년에 창업주가 그걸 유난히 즐겼기 때문이었다.

행방불명되기 전까지 창업주는 포르투 여느 늙은이와 다름없이 오전엔 마제스틱 카페에서 커피를 마셨고, 오후엔 포르투 와이너리를 순회하면서 공짜 와인을 즐겼다. 낚시나 운전을 배우지는 않았다. 그리고 저녁에 도루강 주변의 식당에 들러 대구 요리를 주문했다. 포르투를 찾아온 관광객이면 누구든지 맛보길 기대하는 문어 요리만큼은 결코 입에 대지 않았는데, 비록 그는 어릴 적 자신의 어머니가 만들어 준 문어 요리의 맛을 결코 잊은 건 아니었지만, 신비로운 붉은 페인트를 재현하기 위해 수만 마리의 문어를 죽이면서 중독된 죄책감과 수만 번의 실패마다 남겨진 문어의 잔해로 허기를 채우던 때의 열패감을 결코 잊지 않았기 때문이었다. 인간의 세상에 환멸을 느낀 연금술사 스승이 환경에 따라 제 몸 색깔을 바꿀 수 있는 문어로 변신하여 도루강 속에서 영생을 이어가고 있을 것이라고 창업주는 확신했다.

창업주를 가장 가까운 곳에서 마지막까지 돌본 피붙이가 그의 유일한 손녀였다. 창업주의 맏딸에게서 태어난 그녀는 열두 살에 외삼촌 — 창업주의 둘째 아들로서, 창업주가 자신의 후계자로 지목하여 붉은 페인트의 비밀을 전수했다고 믿는 자들이 많았다 — 이 갑작스럽게 죽게 되자 크게 충격을 받고 장례식장에서 사라져 세상의 모든 곳을 떠돌다가, 서른 살이 되기도 전에 이미 죽은 자의 몰골로 집에 돌아와 집안의 허드렛일을 도맡으면서 외할아버지까지 돌보게 되었다. 하지만 의지하고 따르던 외할아버지마저 어느 날 연기처럼 사라지자 그녀는 잠옷 차림으로 다시 집을 떠났다가 10여 년 만에 리우데자네이루의 허름한 여관에서 발견되었다. 창업주는 가족들이 사업에 참여하는 것을 절대 허락하지 않았으나, 절체절명의 곤경에 처했을 경우에 단 한 차례 회사가 그들에게 최소한의 호의를 베풀 수 있는 방편을 마련해 두었는데, 그녀가 리우데자네이루 여관에서 회사로 전화를 걸어온 것이다. 정당한 절차를 거쳐 신분을 확인하려면 시간이 많이 소요되었으나, 마약상에게 산 채로 장기를 적출당하기 직전인 그녀의 긴박한 처지를 차마 모른 체할 수 없어서 회사는 석 달여간의 모텔 숙박료를 해결해 주고 더 이상 마약상이 접근하지 못하도록 조치했다. 그러자 한 달 뒤 비디오테이프 하나가 회사 시스템에 등록되어 일부 직원들 사이에서 회람되었는데, 화면 속에서 그녀는 붉은 페인트를 제조하는 전 과정을 시현하고, 자신이 만들어 낸 시료가 시중에서 구입한 상품과 정확하게 일치한다는 사실을 증명해 보였다. 게다가 회사의 주요 역사와 창업주의 가계도를 정확하게 기억해 냈기 때문에 더 이상 그녀의 신분을 의심할 수 없었다. 페인트 제조 공식을 알고 있다는 다섯 명의 원로들 중 유일하게 회사로부터 공식적으로 자격을 인정받은 그녀는 창업주의 유지에 따라 죽을 때까지 경영에 참여하지 않는 대신 적정한 수준의 생활비를 지원받아 여생을 안락하게 보낼 수 있었다. 회사는 붉은 페인트 제조 비밀을 전자 문서로 만들어 노르웨이의 금고에 보관하려고 그녀를 끊임없이 설득했지만, 신산한 운명 때문에 더 이상 인간을 전혀 믿지 않게 된 그녀는 죽음을 목하에 두고도 끝내 후계자는커녕 비밀을 추측할 만한 단서조차 남기지 않았다. 그래서 회사는 그녀의 죽음이 사업의 존폐에 미칠 영향을 다각적으로 파악하려고 부단히 애썼던 것이다.

창업주의 손녀가 죽고 얼마 지나지 않아서, 붉은 페인트의 제조 비밀을 알고 있다는 남자가 언론을 통해 회사에 협상을 은밀히 제안해 왔다. 그는 자신이 수년 전에 포르투에서 구입한 고택의 지하 창고에서 오래된 문서 상자를 발견했는데 거기에 창업주가 자필로 기록한 자료가 남아 있었다고 주장했다. 그 남자가 증거로 제시한 사진은 비록 해상도가 낮긴 했어도 문서의 내용과 필체를 알아볼 수 있을 정도는 됐기 때문에, 회사는 세계적 권위의 감정사에게 검증을 맡기는 한편, 연구개발팀을 통해 사진 속의 정보대로 재료를 배합한 결과를 확인했다. 연금술의 비밀을 설명하는 문장은 수십 겹의 메타포로 덧대어져 있어서 그 의미를 거의 해독하지는 못했지만 필체만큼은 창업주의 그것과 93퍼센트 이상 일치한다는 감정사의 회신이 회사로 도착했다. 반면 연구개발팀은 2주 동안 수백 차례 실험을 진행한 뒤에 사진 속의 정보로는 현재의 붉은 페인트를 재현할 수 없으며 실험 결과는 95퍼센트 이상의 신뢰도를 지닌다고 보고했다. 연금술사 스승이 단 한 차례 만들어 준 신비로운 붉은 페인트를 재현하기 위해 창업주가 30여 년 동안 수십만 번의 실험을 진행했으나 단 한 번도 성공하지 못했다는 사실로부터, 설령 사진 속의 문서가 진본이라고 하더라도 창업주는 그와 유사한 문서를 적어도 수만 장은 더 만들었을 것이고, 대부분이 전쟁 중에 불탔다고 그가 직접 고백한 이상, 전체가 아닌 일부 문서만으로는 아무런 쓸모도 없을 것이므로, 게다가 흔하디흔한 낙엽과 다를 바 없는 것들이 발견될 때마다 회사 안팎의 조직들을 총동원하여 대응하는 데에도 한계가 있었으므로, 향후 또다시 등장할지도 모를 협잡꾼에게 명확한 메시지를 전달하기 위해서라도 단호하게 대응해야 한다고 회사는 판단했다. 하지만 그 남자가 추가로 보내온 사진을 받아 들고 급히 의견을 수정하지 않을 수 없었는데, 백인으로 추정되는 그 남자의 피부색이 사과를 붙잡고 있을 땐 붉게, 그리고 나뭇잎 위에선 초록색으로 변해 있는 게 아닌가. 사진 조작은 얼마든지 가능하지만 신비로운 붉은 페인트의 특성을 정확히 알고 있다는 사실만으로도 긴장하지 않을 수 없었다. 만약 회사가 협상에 나설 것이라는 소식이 언론을 통해 알려진다면, 남자는 은밀한 곳으로 잠적한 채 보상금을 천문학적인 수준까지 올릴 것이고, 훨씬 싼값에 페인트를 판매하고 있으나 반세기 동안 단 한 차례도 5퍼센트 이상의 시장 점유율을 기록하지 못한 경쟁 업체들뿐만 아니라, 종교와 인종과 자원과 역사를 빌미로 전쟁을 준비하고 있는 세계 각국의 군벌과 정치인들이 앞다투어 그 남자와 접촉하려 할 것이므로, 창업주의 문서를 회수하는 일은 더욱 어려워질 게 자명했다. 우연히 찾아낸 문서가 자신의 기대보다도 훨씬 더 높은 가치를 지녔다는 사실을 확인받은 이상 그 남자가 회사와의 약속을 신뢰하여 원본을 순순히 건네줄 리도 없었다. 결국 회사는 창업주의 문서를 강제로 빼앗고 그 남자의 기억을 모두 파괴하기로 결정했다. 그런 일은 너무 쉬웠다. 왜냐하면 세상 모든 곳에 존재하고 있는 회사는 남자와 직간접적으로 연관되어 있는 직원들을 전혀 어렵지 않게 찾아낼 수 있는 반면, 그 남자는 회사의 범위와 능력을 너무 과소평가한 나머지 자신 이외의 누군가와 반드시 자신의 비밀을 공유했을 것이기 때문이다. 그 남자는 부다페스트 외곽의 농가에서 일요일 저녁 혼자서 식사를 하다가 정체를 알 수 없는 군인들의 방문을 받았다. 건물의 벽과 지붕을 모두 부수고 바닥을 100여 미터 파는 데 한 시간도 채 걸리지 않았다. 남자와 세간은 물론이고 건물의 잔해들까지 컨테이너에 실려 세상에서 가장 어두운 공간으로 옮겨졌다. 군인들은 남자를 가두고 죽음조차 중단시킬 수 없는 방법으로 고문한 끝에, 그가 특수 페인트를 손등에 칠하고 적외선 촬영을 한 다음 컴퓨터 프로그램으로 배경에 맞춰 색깔을 조작했다는 사실을 밝혀냈다. 그리고 압수한 문서 일부에 창업주가 그려 놓은 붉은 표식이 납을 의미한다는 사실도 알아냈다. 납은 물질과 정신의 가장 낮은 단계를 은유했으므로 창업주는 그 표식을 그려 놓음으로써 자신의 실험이 실패했음을 고백하려 한 게 분명했다. 하지만 그 남자가 신비로운 붉은 페인트에 대한 비밀을 어떻게 알아냈는지는 끝내 밝혀낼 수 없었다. 결국 회사는 막대한 시행착오의 비용을 그 남자에게 청구했는데, 그가 내줄 수 있는 가장 값비싼 재산이라곤 천한 목숨뿐이었다. 세상 모든 곳에 존재하고 있는 회사는 여태껏 인간의 상상이 전혀 닿지 않은 시공간에 그 남자를 산 채로 유폐시킨 뒤 군인들에게 인건비를 지급했다. 이후로도 이와 비슷한 사건들이 서너 차례 일어나긴 했으나 회사는 알파 리스크 정도로 여기고 전혀 대응하지 않았다.

회사의 최종 결정을 내릴 수 있는 권한은 최고 경영자나 이사회의 상임 고문들, 주요 보직의 직원들 같은 소수에게 부여되어 있지 않다. 그것에는 모든 직원들의 의사가 골고루 반영되어 있는 만큼 어느 누구도 부정하거나 번복할 수 없다. 이것은 유기체를 완벽하게 작동시키는 명령과 같다. 각각의 직원은 톱니바퀴가 아니며 세포도 아니다. 톱니바퀴와 톱니바퀴 사이, 세포와 세포 사이에는 인과를 추정할 수 없는 사건들이 끊임없이 일어나고 있으며 그것을 모두 규정하는 것은 불가능하다. 한 명의 직원은 회사를 완벽하게 반영한 집

합체이고 회사 역시 모든 직원들을 완벽하게 수용한 모나드이다. 모든 직원들을 반영하지만 정작 어느 직원도 그 속에서 온전하게 발견되지 않는 존재가 회사인 것이다. 어떻게 이런 구조가 가능했을까. 모든 직원들은 — 심지어 최고 경영자나 이사회의 상임 고문들, 그리고 인사팀장조차 — 동료들의 신상이나 회사의 구조, 그리고 프로세스에 대해 전혀 알지 못한 채 그저 자신에게 명확히 규정된 업무만을 매일 수행한다. 그러면 변증과 검증 과정을 거쳐 결론에 수렴하는데 그것을 정확히 이해하거나 만족스러워하는 직원은 없다. 그래서 어떤 직원들은 회사의 결정이 무의식이나 습관의 산물에 불과하다고 폄하하기도 한다. 인류의 진화와 역사의 순환마저도 무의식이나 습관에 의해 추동된다고 믿는 자들은, 만약 그렇지 않다면 현생 인류의 뇌는 지금보다 세 배는 더 커졌을 것이고 그들의 역사책은 처음과 끝을 파악할 수 없을 만큼 불어나 있어서 한곳에 보관하거나 일생에 걸쳐 일독하는 것도 불가능했을 것이라고 주장한다. 하지만 원인을 명확하게 찾아내지 못했다고 해서 명백한 결과마저 무시할 순 없다. 어쩌면 인간이나 역사에 내제되어 있는 프로세스는 결코 정교하거나 복잡하지 않을지도 모른다. 그저 단순한 재료들을 조합하고 그 결과에 재료들을 더하거나 덜어내는 방식으로 인간과 역사가 전개되고 있으며, 프로세스를 더욱 정교하게 보완하여 오류의 발생 가능성 — 또는 반증 가능성(Falsifiability) — 을 논리적으로 제거하는 천재들의 명민함보단 프로세스에 전력을 공급하는 노동자의 성실함에 더욱 의존하고 있다. 20세기 중반부터 휴머노이드(Humanoid)를 개발해 온 과학자들 — 이들은 창조론보다 진화론을 신봉했지만, 그래도 인간의 디엔에이 지도가 돼지의 그것보다는 훨씬 복잡하고, 의식의 세계가 무의식의 영역보다 훨씬 넓다고 굳게 믿었다 — 은 인공 생명체가 인간의 섬세한 동작과 복잡다단한 사고방식을 모방하기 위해선 정교한 알고리즘 — 사고와 신경 체계 — 을 필수적으로 지녀야 한다고 생각했다. 그들은 인간의 영혼이 뇌에 머물러 있다고 믿었기 때문이다. 하지만 알고리즘이 정교해지면 정교해질수록 오류가 발생할 확률도 덩달아 높아지면서 — 알고리즘의 논리 연산 과정에서 발생하는 열을 식히기 위해 냉각 시스템의 무게와 부피 또한 늘어나기 마련이어서 — 최고의 발명품이라고 칭송받는 휴머노이드조차 두 살배기 아이의 능력을 뛰어넘지 못했다. 상아탑의 과학자들이 알고리즘의 미궁 속에서 길을 잃고 허둥대는 동안 공장의 노동자들은 더 작은 공간에 더 많은 정보를 저장할 수 있는 장치를 생산하는 데 동원되었고, 그들의 헌신은 훗날 과학자들을 미궁에서 탈출시키는 데 결정적 역할을 했다. 과학자들은 고도로 발달된 뇌를 설계하는 대신, 다양한 센서들로 수집한 막대한 정보들을 뇌에 저장시킨 뒤 현재의 상황에 가장 적합한 정보를 선택하여 휴머노이드에게 명령함으로써 유아기 수준의 인간을 뛰어넘게 되었다. 이것은 귀납법의 승리를 의미했으며, 진화론이 창조론보다 진리에 가깝다는 증거로도 사용되었다. 회사 또한 이와 같은 궤적을 따라 진화해 왔다. 설립 초기에 회사를 운영했던 경영자들은 최적의 프로세스를 만들어 내기 위해 천재들을 고용했고 그들의 결과물을 전폭적으로 신뢰했다. 프로세스 설계자들은 조직의 목적과 직원들의 역할을 효율적으로 연결시키는 방법을 모색했고 대체로 만족스러운 결과를 이뤄냈다. 하지만 직원들의 역할이 더욱 분명해지고 그들 사이의 업무 처리 과정이 더욱 정교해질수록 생산성은 오히려 악화되었다. 인과관계를 파악하기 위해 천재 설계자들은 갖가지 이론들과 계산식을 동원했으나 끝내 난제를 풀지 못한 채 자괴감이나 불치병에 쫓겨 스스로 회사를 떠났다. 그러자 그들의 그늘에 숨어 있던 평범한 직원들이 각 조직의 상위로 자연스럽게 부상했다. 새로운 권력자들은 바보조차 이해할 수 있을 만큼 간단하고 명료한 프로세스를 만들고 그에 따라 직원들을 배치한 뒤 그들 업무의 유사성과 차별성을 고려하여 조직을 나누었다. 그랬더니 2년이 채 지나기도 전에 회사는 페인트 판매 시장의 절반을 점유하게 되었다. 회사의 프로세스로가 브랜드와 상품만 분명하게 드러낼 뿐 조직과 직원들의 정체성을 말살하고 있다는 우려의 목소리가 전혀 없었던 것은 아니었지만, 기대 이상의 성공을 경험한 뒤로 다수의 직원들은 자신이 만들어 낸 결과와 그것에 이르는 과정 모두가 회사의 최종 결정에 반영되어 있으며 어느 누구도 그것을 부정하거나 번복할 수 없다는 사실을 이해하기 시작했다.

회사의 결정이 완전히 틀릴 확률은 회사가 존재하지 않을 확률보다도 훨씬 낮다. 어느 누구도 회사에 고용되어 있는 전체 직원들의 숫자를 정확히 알고 있진 못했지만, 회사가 열다섯 개의 조직들로 구성되어 있고 각 조직마다 두 명씩만 존재하며 단 하나의 프로세스에 연결되어 있다고 가정한다면, 회사의 결정이 완전히 틀릴 확률은 0.000000093퍼센트에 지나지 않는다. 물론 조직의 결정이 완전히 맞을 확률도 이와 똑같다. 그러니까 완전히 맞거나 완전히 틀리지 않은 결정들이 100여 년 동안 회사를 운영했던 것이다. 하지만 회사의 프로세스에는 한 직원의 실수가 동료의 실수를 유발시킬 수 없도록 최소한의 안전장치가 내재되어 있다는 사실을 간과해서는 안 된다. 동료로부터 전달받은 질문과 답변에 비추어 자신의 대답과 질문이 논리적으로 대응하지 못한다면 어느 직원도 네트워크의 전송 버튼을 눌러 자신의 업무를 완료할 수 없다. 또한 직원들 각자가 완성한 대답과 질문은 마치 거대한 푸딩

냄비 같은 가상공간에 일정 기간 동안 머물면서 끊임없이 논리 검사를 받기 때문에, 이 업무와 관련된 직원들 — 만약 회사가 열다섯 개의 조직들로 구성되어 있고 각 조직마다 적어도 두 명씩은 존재한다고 가정한다면 서른 명 모두 — 중 단한 명이라도 올바른 결정을 한다면 회사는 최악의 경우를 피해 갈 수 있게 되는 것이다. 완전히 틀리지 않은 결정은 옳은 것으로 간주된다. 일단 옳은 결정이 내려진 이상 결정 과정에 참여했던 직원들 중 어느 누구의 대답이 틀렸고 어느 것이 맞았는지 구분하는 건 전혀 의미가 없다. 최초의 질문이 틀렸거나 처리 과정에서 논리의 함정에 빠져 선의를 포함하지 않은 결정을 내리는 경우는 결코 발생하지 않는다. 일단 누구든 질문을 시작하면 반드시 회사는 적확하고 유일한 프로세스를 통해 그 질문에 대한 대답을 완성해야 하며 최종 결정을 미루거나 회피할 수는 없다. 목구멍 안으로 삼킨 이상 그것을 어떻게 해서든지 항문까지 밀어내면서 영양분과 배설물을 분리해 내야 하는 생명체의 생리와 같은 것이다.

이왕 말이 나온 김에 회사의 시스템에 대해 좀 더 자세히 설명해 보겠다. 회사의 모든 업무는 최초 누군가의 질문에서 시작된다. 하지만 그가 정확히 누구이며 왜 그런 질문을 시작하게 되었는지는 아무도 모른다. 회사의 직원이라면 누구라도 최초의 질문을 던질 수 있다. 하지만 회사가 모든 질문을 받아들여 최종 대답을 완성하는 것은 아니다. 정해진 논리회로를 통과한 질문들만 공식 프로세스에 입력되는 것이다. 그러면 어떤 조직의 누군가가 그 질문을 분석하고 의견을 첨가한 뒤 다른 조직의 누군가에게 전달하는데 개인의 의견은 대답과 질문으로 나뉘어 전달된다. 그러면 그것을 받은 누군가는 또 다른 조직의 누군가에게 질문과 답변을 전달해야 하는 식이다. 같은 조직에 소속된 직원들일지라도 보고 체계가 서로 다르기 때문에 독자적으로 자신의 임무를 수행한다. 가령 구매팀 직원 한 명은 재무팀으로부터 질문을 받고 자신의 답변과 질문을 연구개발팀 직원에게 전달하면 그는 자신의 답변과 질문을 추가하여 영업팀 직원에게 보낸다. 반면 또다른 구매팀 직원은 영업팀 직원에게서 전달받은 질문에 답을 만들어 인사팀의 직원에게 보고하며 인사팀 직원은 생산팀 직원에게 연락한다. 즉 질문의 주제와 목적과 난이도에 따라 보고 체계가 수시로 변하며 보고 체계를 최초로 결정하는 것은 회사의 논리회로다. 그러니 조직을 구별하는 것은 전혀 의미가 없고, 개인의 역할만이 중요하다. 모든 직원들은 자신이 최초의 질문을 만들거나 최후의 답변을 준비하는 자가 아니라, 그저 프로세스의 중간쯤에 위치하면서 아래나 오른쪽에서 전달되어 온 것들을 위나 왼쪽으로 전달시킨다고 믿는다. 동료들의 정체와 조직의 구성, 프로세스를 정확하게 알지 못하는 상태에서 자신에게 도착한 질문과 답변에 소홀하게 대처하는 행동은 곧 자신의 의견과 조직 전체의 결정을 부정하는 것과 다르지 않다. 자신의 의견이 정당하다고 고집을 피울수록 오류의 가능성이 증가하는 모순적 상황은 양자론적 세계의 십계명과도 같은 하이젠베르크의 불확정성의 원리(Uncertainty principle)*를 정확히 따른다. 그러니 수십 년 동안 그 회사에 근무하고 있는 직원들조차 회사가 어떤 상품을 어떤 브랜드로 어떻게 판매하고 있는지 전혀 알지 못한다고 해서 놀라거나 혀를 찰 필요는 없다. 심지어 세계 각국에 흩어져 있는 사업장에서 상품을 직접 다루고 있는 자들조차 그것의 용도와 브랜드를 서로 다르게 알고 있는데, 그도 그럴 것이 그것은 회사가 판매하는 최종 상품이 아니기 때문이다. 루마니아의 창고에 보관된 염료와, 중국 공장에서 제작되는 드럼통과, 나이지리아에서 생산된 식물성 유기 용제는 다국적 운송 회사를 통해 세계 각국의 물류 창고에 나뉘어 저장되었

---

* 양자의 세계에서 서로 연관된 특성을 동시에 정확하게 정의할 수 없다는 원칙. 가령 양자의 정확한 위치를 계산하기 위해 동원된 가정들은 그것의 운동량을 정확하게 계산하는 데 방해된다. 그래서 하이젠베르크 (Werner Karl Heisenberg, 1901~1976)는 자신의 논문에다 "우리는 원칙상 현재를 시시콜콜 자세하게 모두 다 알 수는 없다."라고 썼다.

다가, 소비자가 열 통의 페인트를 주문하면 염료 3킬로그램과 드럼통 열 개와 식물성 유기 용제 10리터가 각각의 창고에서 반출되어 운송 회사의 집하장으로 보내어진다. 그러면 특수 트럭에 실려 소비자의 집까지 배달되는데, 운송 중에 특수 트럭의 믹서 안에서 재료가 혼합된 뒤 철제 용기에 담기는 것이다. ── 드럼통 속에 페인트가 담기고 밀폐된 순간, 특수 처리된 드럼통 표면에서 상품의 브랜드와 회사의 로고가 드러난다 ── 그렇기 때문에 루마니아의 직원들은 자신들이 천을 염색하는 염료를 생산한다고 믿고 있고, 중국의 직원들은 드럼통에 독성의 화학물질이 담기기 때문에 기밀성을 세심하게 검사해야 한다고 배우며, 나이지리아 직원들은 자신들이 공들여 만든 상품으로 소비자들이 식도락을 즐기고 있다는 사실에 자긍심을 느끼고 있는 것이다.

자본주의 사회를 유지하는 혈액과 영양분은 당연히 '거래할 수 있는(Tradable)' 상품이며, 그것과 관련된 제도와 생산자와 소비자까지도 상품으로 간주된다. 그러니까 각각의 상품에 반영되어 있는 목적과 논리가 사회를 운영하고 있는 것이다. 개인과 개인은 소비 행위를 통해서만 연결된다. 자본주의 초기에는 생산자로 간주될 만한 개인이 존재하기도 했으나 초고도의 자본주의 사회에 도달한 현재의 개인은 모두 소비자로 전락했다. 생산자의 지위는 감히 대체할 수 없는 다국적 기업의 브랜드나, 인권 모독 수준의 저임금으로 노동력을 제공하고 있는 저개발 국가들에만 겨우 부여되어 있다. 비록 회사는 이미 오래전에 자본주의의 비열한 전파 방식을 간파하고 이와는 분명히 구분되는 방법으로 사업을 유지하고 있지만, 직원들은 자신이 매일 회사에 출근하여 무엇을 생산하고 있는지는 전혀 인지하지 못한 채 그저 자신의 월급으로 매일 무엇을 소비하고 있는지 확인할 따름이다. 최근까지 '결코 거래할 수 없는(Non-tradable)' 상품으로 분류되었던 것들을 그들이 아무런 죄책감 없이 적법하게 소비하기 시작했다는 사실을 알아차린 자는 아무도 없다.

사업장 설립에 적합한 부지를 선정하는 기준으로 회사는, 값싼 노동력과 풍부한 천연자원, 편리한 사회 기반 시설, 그리고 정치와 경제의 안정성 따윈 전혀 고려하지 않았다. 물론 중국, 루마니아, 나이지리아가 다른 인접 국가들에 비해 인건비와 문맹률이 낮고 천연자원이 풍부한 데다가 육로를 통해 각 대륙으로 상품을 실어 나를 수 있으며 정치 상황까지 안정되어 있다는 장점 때문에, 많은 다국적기업들에게 이상적인 투자처로 환영받고 있는 건 사실이다. 하지만 회사의 최종 결정에는 이러한 장점들이 전혀 반영되지 않았을 뿐만 아니라 훗날 공장을 세운 뒤에도 이것들을 돈벌이에 결코 이용하지 않았다. 이를 사실로 받아들이기 위해선 회사의 몇 가지 특징을 먼저 이해하지 않으면 안 된다. 첫째, 회사가 생산하는 모든 상품의 가격은 세계 전 지역에서 동일하다. 상품의 최초 가격은 그것이 거래되는 국가 중 가장 가난한 곳의 시장 가격으로 결정되며 한번 결정된 가격은 상품이 시장에서 완전히 사라질 때까지 — 100여 년의 역사 동안 그런 일은 단한 번도 일어나지 않았다 — 변함없이 유지된다. 다만 매 순간 변동하는 환율을 고려하여 상품의 가격은 수시로 조정되는데, 거간꾼들이 가난한 나라에서 상품을 헐값에 대량으로 구입한 뒤 이윤을 얹어서 잘사는 나라에다 팔지 못하도록 원천 봉쇄하기 위함이다. 둘째, 모든 상품의 가격이 세계 전 지역에서 동일한 것처럼, 전 세계에서 일하고 있는 직원들의 월급과 복리 후생 역시 동일하다. 언어, 인종, 국적, 교육 정도, 종교, 성별, 나이 등에 따른 차별은 전혀 없다. 직원들의 개인적 능력이나 실적에도 영향 받지 않지만 각 지역의 생계비 조정 계수(COLA)* 연차 개선 요소(AIF)**에 따라 매년 조정된

---

* Cost of Living Adjustment. 거주지의 상품이나 서비스의 가격 변동을 측정하여 생계비 지수(Cost of living index number)를 계산하고 지역별 차이에 따라 개인의 임금을 조정해 주는 정책.
** Annual Improvement Factor. 생활 수준을 지속적으로 향상시키기 위

다. 만약 아메리카나 유럽에 거주하고 있는 직원들이 중국이나 나이지리아의 직원들과 동일한 월급과 복리 후생을 지원받고 있다는 사실을 알게 된다면 상대적 박탈감을 느낄지도 모르겠다. 하지만 모든 직원들은 정당한 권리와 부당한 욕망을 엄격하게 구별할 수 있어야 한다. 상대적 박탈감이란 용어는 엄연히 인종차별주의자나 전쟁광들이 발명해 낸 용어에 지나지 않으므로 직원들 사이에 통용되는 건 엄격하게 금지되어 있다. 만약 회사에서 엄격하게 금지된 조항들을 고의적으로 위반하다가 적발되면, 그 직원은 즉시 해고될 뿐만 아니라 회사로부터 받은 모든 혜택을 박탈당한다. 회사의 단호한 처분이 인권을 파괴하는 초법적인 조치라고 항변해도 아무 소용없다. 회사는 모든 직원들의 미래를 차별 없이 보호해야 할 의무를 지녔다. 직원들의 월급과 복리 후생에는 미래에 대한 투자 금액이 포함되어 있는 것이다. 만약 어떤 직원이 회사의 규칙을 어겼다면 이 행동은 자신뿐만 아니라 동료들의 과거와 현재, 미래까지 파괴하는 결과를 초래할 수 있으므로 회사는 그에게 제공했던 미래에 대한 투자 금액을 환수할 권리가 있다. 비록 이런 조치가 현행법에 저촉되더라도 회사는 조금도 머뭇거리지 않는데, 세상의 모든 나라에서 사업

해 노동자의 시급(Hourly wage rates)을 매년 향상시키는 정책.

을 하고 있는 만큼 회사가 적용할 수 있는 규칙은 당연히 몇 나라에서의 상식과 현행법을 넘어설 수밖에 없다고 판단하기 때문이다. 모든 직원들은 자신이 살고 있는 곳에서 중산층 이상의 삶을 영위한다. 설령 중국이나 나이지리아에 거주하는 직원들의 월급이 일반 노동자들의 그것에 비해 수십 배 많다고 하더라도 그들은 아메리카나 유럽의 국가들이 당연하게 제공하고 있는 사회보장제도의 혜택을 누리지 못하고 있기 때문에, 중국이나 나이지리아 직원들에게 오히려 수당을 추가로 지급해야 한다는 게 회사의 논리다. 게다가 이런 정책은 그 지역의 전도유망한 인재들을 회사로 끌어모을 수 있는 자극제가 될 수 있다는 점에서 이견이 없다. 하지만 이런 지역적 혜택을 노리고 직원들이 아메리카나 유럽에서 중국이나 나이지리아로 이주하는 것은 회사의 규정상 엄격히 금지되어 있다. 셋째, 생산과 판매에 필요한 시설들을 유지하고 직원들에게 임금과 복리 후생을 제공하는 데 필요한 자금을 제외한 이익을 회사는 전 세계 사람들의 생활환경을 개선하고 교육 시설이나 사회 간접 시설들을 짓는 데 기부한다. 이런 활동 역시 회사의 프로세스에 의해 명확히 정립되어 있어서, 초과 이익이 발생하는 순간 자동적으로 사회 기부가 진행된다. 하지만 이 사실은 조직 내부 안팎에 전혀 알려지지 않았다. 그러니까 회사의 유일한 목적은 직원들의 고용을 안정적으로 유지하는 것뿐이다. 그렇다고 판매하는 상품에 대해서 사회적 책임을 회피하려는 것도 결코 아니어서, 회사가 생산하는 상품은 인류나 환경에 아무런 해악을 미치지 않고 다만 유효 기간 동안만 미적 가치를 최대한 유지하다가 스스로 사라지도록 고안되어 있다. 그래서 100여 년 이상 보존하고 싶은 물건이나 건물에는 사용하지 않는 게 바람직하지만 30년마다 덧칠하는 것으로 미적 가치를 이어 갈 수 있다는 문장이 상품 설명서에 명확히 기재되어 있는 것이다. 넷째, 회사는 최소한의 자원만을 사용하여 상품을 생산하며, 자원의 거래 가격이나 매장량의 변동에 따라 생산량을 조절한다. 마땅히 후손이 사용해야 할 자원들까지 독점하여 판매하는 어떤 세력과도 회사는 협상하지 않는다. 그러므로 중국이나 나이지리아, 루마니아의 지하에 엄청나게 매장되어 있다고 알려진 자원은 회사에겐 아무런 쓸모가 없다. 다섯째, 육로를 통해 자원과 상품을 이동할 수 있는 편의성은 부지 선정 당시 분명히 고려되었지만 생산의 효율성과 판매의 수익성을 확보하기 위한 목적은 아니었고, 민주주의와 인도주의를 지원하기 위함이었다. 만약 회사 소유의 사업장이 들어선 국가에 독재자나 전쟁광이 등장하여 파렴치한 정책을 강압하고 인류를 위협할 경우, 회사는 가능한 한 모든 탈출 방법을 직원들에게 제공하여 비극으로부터 구조할 것이다. 저항의 역사와 연대의 전통이 중국과 루마니아, 나이지리아를 매력적인 공장 부지로 어필했다. 여섯째, 회사는 어느 국가의 정치 집단이나 종교 집단의 논리로부터 철저하게 가치중립이다. 이익을 위해 실체를 감추는 게 아니라, 회사의 정체를 지켜 내기 위해 이익으로부터 적당한 거리를 두는 것이다. 소비자가 처한 정치적 현실에 무관심하다는 비난에는 결코 대응하지 않는다. 하지만 회사의 상품이 정치나 종교 집단의 논리에 동원되는 것을 단호하게 거부한다. 왜냐하면 회사는 전 세계의 역사의 산물이지 한 지역의 발명품이 아니며 회사의 상품은 인간 생활을 개선하는 일에만 장점을 발휘할 수 있기 때문이다. 회사는 어떤 체제 — 민주주의, 사회주의, 민주사회주의, 사회민주주의, 무정부주의, 신정일치주의, 신정분리주의, 파시즘 등 — 도 사업에 최적의 조건이 될 수 있다는 사실을 잘 알고 있지만, 창업주의 유훈(遺訓)에 따라 어떤 것도 이용하지 않는다.

사업을 하다 보면 예상치 못한 사건들 때문에 위기를 맞이하기 마련이다. 언뜻 세 가지 사건들이 떠오른다. 첫 번째 위기는 붉은 페인트의 제조 비밀을 알고 있는 다섯 명의 원로들 중 한 명이라고 믿어 의심치 않는 인물이 갑자기 자취를 감추었을 때 비롯되었다. 전 세계의 모든 직원들이 그의 행방을 수소문했으나 반년 넘게 그를 찾을 수가 없었다. 회사는 그의 배신에 대비하여 폐업까지 진지하게 검토하지 않을 수 없었는데, 붉은 페인트 제조에 대한 특허권을 회사나 다섯 명의 원로들 어느 쪽도 소유하고 있지 않아서 ── 페인트의 제조 공식은 명백한 문서로 기록되어 있지 않기 때문에 법적인 공증은 애당초 불가능했다 ── 일단 비밀이 공개된다면 어느 누구라도 동일한 품질의 상품을 쉽게 만들어 낼 수 있을 것이고 경쟁자가 승리하는 걸 막기 위해 전쟁까지 불사할 것이라는 전망 때문이었다. 창업주는 이런 상황을 대비하여 회사가 스스로 능력을 거세하고 파산하는 프로세스를 숨겨 놓았다고 알려져 있지만 정작 그 프로세스가 언제, 어떻게, 누구에 의해 작동되는지 아무도 알지 못했다. 회사의 최종 결정이 임박했다는 소문이 사실로 판명되기 직전, 행방불명된 원로의 시신이 마다가스카르의 나그네나무 아래에서 발견되었다. 그의 마지막 행적을 귀납적으로 추적한 결과, 탐욕의 징후나 배신의 적의는 발견되지 않았고, 그저 너무 늦은 나이에 찾아온 사랑을 붙잡기 위해 자신의 여생을 모조리 걸었다가 탕진하고 제자리로 돌아갈 여비조차 남지 않아서 하는 수 없이 스스로 목숨을 끊었다는 사실이 밝혀졌다. ── 사랑과 관련된 호르몬이 한 인간을 완전히 지배할 수 있는 최대 유효 기간이 1년에 불과한 반면 사랑의 신기루는 아프리카 대륙을 단숨에 횡단할 수 있다는 사실도 함께 확인되었지만 아무도 이를 신경 쓰지 않았다 — 반평생 동안 일거수일 투족을 감시받아야 했던 자신의 운명을 탄식하는 문장이 그의 문신 사이에서 발견되었다. 위기 상황을 종료하기 위해 회사는 원래부터 붉은 페인트 제조 비밀을 알고 있는 원로가 다섯 명이 아니라 네 명이라고 서둘러 수정하려 했으나 논리 회로에 의해 거부당했다. 네 명의 원로들조차 공식을 정확히 알고 있는지 확신할 수 없는 상황에서 그들의 숫자를 임의로 줄이는 건 엄연히 비논리적이었기 때문이다. 두 번째 위기는 페인트 원료에서 박테리아가 발견되면서 시작되었다. 어느 해 여름에는 붉은 페인트가 쉽게 탈색되고 광택도 금방 사라진 다는 소비자들의 불만과 반품이 이어졌다. 연구개발팀과 품질 팀 소속의 모든 직원들이 해결 방법을 찾기 위해 거의 반년 동안 질문과 답변을 이어 갔다. 그 결과 페인트의 원료인 천연염료 — 빨간색은 연지벌레로부터 나왔다. 파란색은 인디고 (Indigo)라는 식물에서 나왔다. 노란색은 사프란과 울금과 양파로부터 나왔다. 그 밖의 색깔들은 세 가지 색깔의 조합으로 만들어진다 — 와 식물성 유기 용제에 침입한 박테리아의 개체 수가 늘거나 줄면서 페인트의 색깔과 광택을 변화시킨 다는 사실을 알아냈다. 하지만 대대적인 역학조사에도 불구하고 그 박테리아의 정체와 유입 경로는 끝내 밝혀낼 수 없었다. 회사는 박테리아에 감염될 수 있는 원료를 모두 폐기 처분하고 그것을 공급하는 조직의 프로세스에 두 차례의 멸균 공정을 추가했으며, 생산 설비를 새것으로 모두 교체했다. 그 이후 생산된 염료와 유기 용제에서는 더 이상 박테리아가 발견되지 않았지만 여전히 페인트의 색깔과 광택은 정상 수준에 미치지 못했다. 결국 박테리아를 박멸하는 대신 그것의 개체 수를 안정적으로 유지하는 방법으로 프로세스를 개선하면서 회사는 두 번째 위기를 극복할 수 있었다. 세 번째 위기는 세계 각국이 경쟁하듯 환경 규제를 강화한 결과와 연관 있다. 세계 각국은 환경을 보호하려는 목적보다는 다국적기업의 파상적 공세로부터 자국의 산업을 보호할 목적으로 비합리적인 조항들을 추가했기 때문에, 회사는 이미 수십 년 전에 이 규제를 만족시킬 기술을 개발해 두고도 즉시 적용하지 못한 채 별도의 대응 방법을 고민하지 않을 수 없었다. 그런 규제가 지배하는 국가에 단 한 명의 소비자라도 존재하는 이상, 회사는 그 규제를 정언명령으로 여기고 존중하지 않으면 안 되었다. 그리하여 회사는 언뜻 사업과 전혀 관련 없어 보이는 주제들, 가령, 환경과 이혼율과의 관계, 환경과 최저 생계 수당과의 관계, 환경과 청소년 범죄율과의 관계, 환경과 올림픽 성적과의 관계, 환경과 패션과의 관계 등을 연구했다. 해당 국가의 언론을 통해 연구 결과를 꾸준히 발표하여 회사에 대한 호의적인 여론을 확보한 다음 새로운 기술이 적용된 상품을 판매 가격 인상 없이 출하함으로써 각국 정부는 자국의 산업과 환경을 보호하는 데 도움을 받을 파트너로서 회사를 예외적으로 인정했고, 사업은 정상 궤도로 복귀할 수 있었다.

하지만 크고 작은 전쟁 때문에 사업이 위기를 맞았던 경우는 단 한 차례도 없었다. 왜냐하면 전쟁은 페인트 사업에 늘 유리한 기회를 제공했기 때문이다. 페인트는 심미적인 목적뿐만 아니라 형광, 축광(畜光), 발광, 태양열 반사 및 흡수, 은폐, 내열, 내화, 탄성, 윤활, 경화, 절연, 정전기 방지, 전파 흡수, 항균, 방충, 부식 방지, 방수의 용도로도 사용된다. 전쟁에 투입될 무기들의 성능을 향상시키고 군인들의 안전을 확보하려면 특수 페인트의 사용량을 늘릴 수밖에 없다. 또한 전운을 피해 은신처로 숨어든 민간인들에게도 페인트의 축광, 은폐, 내열, 내화, 절연, 항균 등의 특징은 큰 도움이 될 수 있다. 하지만 국가는 페인트 재료와 생산 시설을 군사적 목적으로 징발하거나 파괴할 수 있기 때문에 민간인들은 자구책을 무기력하게 박탈당할 수밖에 없다. 그래서 전쟁은 페인트 사업을 일반적으로 위축시킨다. 그렇지만 회사의 상황은 이와 전혀 달랐다. 전쟁에 개입한 국가들 모두 회사의 상품을 으뜸의 살상 무기 또는 방어 무기로 인정하고 있으나, 회사 소유의 공장이나 창고가 어디 있는지 전혀 알지 못한 데다가, 설령 알아낸다고 하더라도 그곳에는 군사적 효용이 전혀 없는 재료와 상품만이 보관되어 있었기 때문에 — 여전히 동종 업계가 아무런 고민 없이 사용하고 있는 솔벤트조차 회사는 반백 년 전부터 식물성 유기 용제로 대체했다 — 공격하는 쪽이나 방어하는 쪽 어디도 회사의 자산을 군수 시설로 징발하거나 파괴하려고 하지 않았다. 또한 기술 자료와 프로세스와 직원들마저 세계 각국에 분산되어 있기 때문에 그것들을 난시간에 확보하여 전쟁 수행에 필요한 분량만큼의 페인트를 생산할 수도 없었다. 이것은 창업주가 두 차례의 전쟁에서 얻은 교훈이 충실하게 반영된 결과이다.

전쟁이 끝나자 전쟁광과 전범 집단, 그리고 그들에게 적극적으로 부역했던 사람들이 단죄되었다. 하지만 범죄의 복잡성과 거대한 규모 때문에 사망자와 생존자를 단순하게 피해자와 가해자로 구분할 수만은 없었다. 수상한 시절에 자신의 목숨과 재산과 가족을 온전히 보존했다는 이유만으로 이웃들에게 조리돌림을 당한 사람들은 자살하거나 고향을 떠나야 했다. 전쟁에 적극 개입했거나 반강제적으로 동원되었던 회사들 역시 윤리적 책임으로부터 결코 자유롭지 못했다. 살상이 유일한 목적인 상품을 만들어 판매한 회사는 혐의를 부인할 수 없었으나, 대부분의 회사들은 일상 용품을 만들어 팔았을 뿐인데 전쟁이 예상치 못한 수익을 가져다주었다고 항변했다. 아우슈비츠에 수용된 유대인들을 학살한 책임을 묻기 위해, 수용자들의 신상 데이터를 효율적으로 관리할 수 있도록 펀칭 카드와 리더를 개발한 회사와, 탈출 방지용 철조망과 노역을 위한 수레를 제작한 회사와, 비누와 종이를 판매한 회사와, 죄수복 제작에 사용된 피륙을 수입한 회사와, 가스실의 화학약품을 납품한 회사가 모두 연합군의 군사 법정에 의해 기소되었으나, 각각의 회사가 생산해 내는 상품은 결코 무기로 규정될 수 없고, 그 상품의 주요 소비자가 설령 전범 집단이라고 하더라도 생산자는 소비자를 차별하여 판매할 수 없으며, 직원들 각자의 정치적 성향까지 회사가 일괄 통제하는 것이야말로 개인의 권리를 존중해 온 유럽의 전통을 명백하게 훼손하는 행위라고 일관되게 주장한 덕분에 그 회사들은 모두 공식적으로 사면되어 전후에도 건재할 수 있었다. 어떤 회사는 무죄판결 직후 훨씬 홀가분한 마음으로 유수 언론사와의 인터뷰를 자청하여 미필적고의를 순순히 인정하고 피해자들에게 배상금을 지급하겠다고 약속했지만 역사책에서 한 문장을 지우기에도 턱없이 부족한 액수로 희생자들을 두 번 죽였다는 비난을 받아야 했다. 창업주의 회사 역시 전범들의 대량 학살에 관여했다는 이유로 거센 비난과 함께 불매 운동의 수모를 당해야 했는데, 지난한 법적 투쟁에 막대한 인력과 자금을 쏟아붓는다면 불명예에서 쉽게 벗어날 수 있었으나 창업주는 성난 대중과 사회를 향해 아무런 대응도 하지 않은 채 묵묵히 견뎌 내기로 결정했다. 직원들은 이 결정을 쉽게 받아들일 수 없었다. 회사는 결코 전쟁광이나 전범 집단의 요구 사항에 응대하지 않았다. 상품의 명성과 품질에 매료된 그들이 협력을 강요했을 때 그들에게 굴복한 자는 창업주나 직원들이 아니라, 상품을 대량으로 구매할 수 있는 방법을 찾기 위해 회사와의 특별한 관계를 모색해 오던 소비자들이었다. ─ 창업주는 자신이 만든 상품에 이윤을 붙여 판매하는 것을 결코 허락하지 않았으나, 기하급수적으로 늘어나는 도매상들을 적극적으로 감시하고 관리하기엔 직원들이 너무 부족했다 ─ 훗날 A급 전범으로 사형된 나치 장교 한 명이 히틀러의 선전포고에 앞서 포르투의 공장을 방문했으나, 회사의 공식 허가를 받지 않은 자는 공장 안으로 출입할 수 없다는 경비원의 제지를 받고 발길을 끝내 돌려야 했는데, 당시 포르투갈은 엄연히 중립국이었기 때문에 공장의 미래를 전쟁의 볼모로 잡을 수 없었다. 결국 독일의 전쟁광들은 평범한 소비자의 자격으로 정당한 가격을 지불하고 페인트를 구매했으나, 그런 방법으로는 전장의 수요를 감당하기 어렵다고 판단했는지, 똑같은 품질을 지녔으면서도 가격이 훨씬 싼 상품을 자국에서 생산하기 위해 여러 차례 시도했으며, 명백한 실패로 끝낮음에도 불구하고 대외적으로는 대량생산에 성공했다고 선전하면서 가짜 상품에다 회사의 라벨을 무단으로 붙여 유통시켰다. 물론 회사는 이런 사실을 언제라도 증명할 수 있는 명백한 증거들 — 뮌헨의 제조 설비 사진, 제조 일지, 공장 직원들의 신상 자료, 보고서, 피의자들의 법정 자술서 등 — 을 확보했으나, 끝내 세상에 공개하지 않고 종전 이후에도 비밀 금고 안에 보관해 두었다가 모두 폐기했다. 전쟁으로부터 창업주가 배운 교훈은 분명했다. 전쟁이 동시대 사람들 모두의 책임인 이상, 유기체인 회사 역시 무죄일 리 없다. 전쟁광이나 그들에게 적극적으로 부역한 자들은 유전적인 명령을 따르는 것이 아니라 시대의 망상을 따른다. 사람들의 신분과 직업과 경험과 지식과 재산은 양심과 용기와 신념과는 아무런 연관이 없다. 인간은 결코 개조될 수 없으며 용서받을 수도 없다. 이런 믿음에 경도된 창업주는 비합리적인 역사가 또다시 일으킬지도 모르는 비극을 막기 위해서라도 조직과 직원들을 전 세계 곳곳에 흩어 놓고, 완전한 협력이 없으면 결코 어떤 상품도 생산될 수 없는 회사를 만들어야겠다고 결심했다. 사해 민족주의, 무정부주의, 반전주의, 반인종주의에 입각한 윤리 강령이 채택되었다. 하지만 직원들이 처음부터 찬동한 것은 아니다. 손만 뻗으면 닿을 수 있는 곳에 어마어마한 이익이 반짝이고 있고 그것의 주인을 신이 따로 정해 놓지 않은 한 누구라도 기꺼이 손을 뻗어서 그걸 차지하려고 할 것이며, 민족주의와 인종주의처럼 이해가 쉬운 이념들은 대중의 소비를 자극하기 위한 마케팅 수단으로 얼마든지 활용될 우려가 있으므로, 육식의 악마들보다 채식의 천사들에게 푸줏간을 맡기는 편이 인류의 미래에 훨씬 이로울 것이라는 궤변까지 늘어놓으며 회사의 간부들은 창업주의 신념을 꺾으려고 압박했다. 하지만 창업주는 끝까지 물러서지 않았다. 그리하여 유럽 전체가 전후 복구를 끝내기도 전에, 회사의 모든 직원들은 자신들이 협력하고 있는 자들이 유대인이거나 중국인이거나 장애인이거나 노인이거나 여자라는 사실을 전혀 알지 못한 채 그저 자신의 업무에만 전념할 수 있게 되었으며, 전쟁보다는 평화가 더 유리한 사업의 기회를 제공한다는 사실을 굳게 믿게 되었다.

회사는 직원들의 신상 정보를 최소한으로 수집하고 완벽한 보안 시스템으로 보호하다가 그 직원이 회사의 프로세스와 자신의 업무에 적응했다고 판단되는 즉시 폐기했다. 새로운 업무에 직원을 배치하거나 승진시킬 때에도 회사는 거대한 저장 장치 속에 축척된 질문과 답변을 분석하여 적절한 후보자를 찾아냈다. 하지만 그 후보자가 회사의 최고 경영자나 인사팀장, 그리고 그들이 지명한 면접관들과 직접 접촉하는 경우는 결코 없었고, 그저 평소와 다른 목적의 질문과 답변을 처리해야 했으며 — 물론 형식과 절차에는 거의 차이가 없어서 당사자는 결코 자신이 테스트를 받고 있다는 사실을 눈치챌 수 없다 — 면접관들은 후보자가 입력한 질문과 답변이 조직 전체에 미치는 영향을 분석하여 승인 여부를 결정했다. 채용 방법도 이와 크게 다르지 않았다. 일단 채용된 자들은, 회사의 윤리 강령을 명백하게 위반하거나 신변의 이상으로 부득이 자신의 역할을 지속할 수 없게 된 경우를 제외하면, 죽기 전까지 고용을 보장받았다. 직원들은 자신의 의식적 협력이 아닌 거대한 프로세스의 섭동*에 의해 회사가 운영되고 있다는 메시지를 끊임없이 전달받았다. 회사의 운영에 절대적인 영향을 미칠 수 있는 개인은 존재하지 않기 때문에 어느 누구도 프로세스를 무시한 채 비상식적 행동을 해서는 안 되며 그런 행동은 결코 거룩한 희생이나 책임감으로 칭송받을 수 없다는 사실을 그들은 이해해야 했다. 그래야만 모든 직원들과 회사가 사회나 역사에 미치는 영향을 최소화할 수 있다고 창업주는 생각했던 것이다. 물론 직원들 중엔 자율과 회의(懷疑)를 나태와 무능력으로 간주하고 회사의 지침과

---

* 攝動. Perturbation. 행성의 궤도나 전자의 상태가 외부의 힘에 의해 교란되는 현상.

는 정반대로 행동하는 자가 없지 않았으나, 그들의 걱정과는 달리 사업은 나날이 번창하는 데다가 회사의 이윤이 매년 직원들에게 공평하게 분배되자, 반항하는 일에 점점 흥미를 잃고 다수의 평정심에 동화되었다. 마치 황금 알을 낳는 거위의 일화에서 튀어나왔을 것 같은 직원 한 명이 천문학적 보상금을 노리고 회사의 비인간적인 프로세스에 인권을 심각하게 침해당했다며 회사를 고발한 석이 있었으나, 회사의 존재와 상품의 쓸모와 직원들의 정체를 끝내 밝혀낼 수 없었던 법원은 소송을 기각했다. 그러자 회사는 동료들과 그들의 가족을 인질로 삼고 사리사욕을 채우려 했다는 이유로 그 직원을 해고했을 뿐만 아니라 그의 일상과 생활 터전을 모조리 파괴했다. 한 달 뒤 그는 불운과 우울증의 결과인 교통사고로 죽었고 회사는 그의 유족들에게 특별 보상금을 지급했다. 회사는 곧 프로세스의 치명적 결함을 인정하고 폐업을 알리는 공문을 모든 직원들에게 발송했다. 이는 마치 아담이 저지른 죄악으로 인해 에덴 전체가 파괴되었던 역사와 정확히 일치한다. — 아담과 이브가 태어나기 이전부터 많은 인간과 동식물들이 에덴에 살고 있었다 — 질문과 답변의 흐름이 멈추는 순간부터 회사는 과거와 현재 어디에도 전혀 존재하지 않았고, 전 세계에 흩어져 있는 모든 직원들은 자신의 근무기록을 증명할 수 없었기 때문에 정부에 실업 수당을 신청할 수도 없었다. 폐업을 통보한 지 나흘 만에 프로세스가 내부 오류를 스스로 제거하고 한 단계 높은 수준으로 진화하는 기적이 일어나지 않았다면, 회사의 역사는 도루강 바닥에나 겨우 섭새겨졌을 것이다. 회사는 폐업을 통보한 지 일주일 뒤에 실업 상태의 직원들 모두에게 기존보다 더 나은 조건의 노동 계약서를 보냈다. ─ 회사 역시 직원들과 그들의 가족들을 인질로 잡았다는 사실을 진심으로 사과했다 ─ 이 해프닝 이후로 더 이상 어느 누구도 회사의 프로세스에 대해 의심하지 않게 되었으니 전화위복의 좋은 실례로 삼을 만하다.

그런데 회사가 소멸하기 수년 전에 이와 비슷한 사건이 일어났다. 어떤 질문과 답변에서 시작되었는지 끝내 밝혀지지 않았지만, 조직과 지역, 언어, 인종 등을 골고루 배려하여 구성된 무리가 전 세계에 흩어져 있는 직원들을 방문하여 그들의 신상과 역할, 보고 체계, 최근 몇 년간의 성과 등을 은밀하게 파악하고 다녔다. 호사가들은 그 정체불명의 무리가 수년 전 폐지된 전략팀이 파견한 유령이라고 떠들어 댔다. 그들의 설명에 따르면, 사업의 미래에서 위기를 감지한 전략팀이 조직과 시장의 현황을 분석하고 대응 방안을 마련할 목적으로 야심 차게 내부 진단 프로그램을 준비했으나 ─ 늘 조직이 먼저 변하고 개인은 새로운 조직이 안정된 뒤에야 비로소 그 변화를 알아차린다. 하지만 그땐 이미 그 변화의 의미와 방향이 모호해져 있기 때문에 개인의 일상에 거의 영향을 미치지 않는다. 마치 바람이 파도를 크게 일으켜 세워 자신의 위세를 자랑하더라도 정작 바다 안에 사는 생물들은 한없이 고요한 것처럼 — 조직과 직원들의 정보 수집을 엄격하게 금지하는 회사의 윤리 강령에 막혀 끝내 실행에 옮기지 못했고 그 와중에 전략팀이 해체되면서 직원들은 다른 부서로 배치되었다. 그런데 이런 조직 변화를 미리 감지한 전략팀 직원이 회사의 프로세스에 컴퓨터 바이러스와도 같은 질문과 답변을 은밀하게 삽입하여, 전략팀이 사라진 뒤에도 여전히 내부 진단 활동의 필요성을 반복적으로 제기하도록 만들었다는 것이다. 그리하여 자신의 임무가 무엇인지도 모르는 직원들이 마치 아프리카 메뚜기 떼처럼 여기저기 몰려다니면서 — 하지만 그들은 늘 항공기의 일등석으로 이동했다 — 회사와는 무관한 사람들을 만나 무례한 언행을 일삼고 엉터리 보고서를 작성했다. 그들이 최고급 호텔에 머물면서 매일 최고급 음식들을 주문하고 가장 음탕한 유흥을 즐겼다는 증언도 이어졌다. 어느 누구의 질문이나 답변도 그들의 독선적 행보를 막을 수 없었다. 만약 인사팀이 실제로 존재했더라면, 노동 계약서의 행간을 면밀하게 뒤져서라도 비상브레이크를 찾아낼 수 있었을 것이다. 불행 중 다행으로 출장비를 지급해 주던 신용카드 회사가 파산하면서 그들의 일탈은 간신히 멈추었고, 그들을 백만장자들로 오인한 범죄 집단의 개입 덕분에 회사는 이 치욕적인 사건을 조용하고도 손쉽게 마무리 지을 수 있었다.

회사의 엄청난 성공에 고무된 자들이 하나둘씩 공장을 세우고 페인트를 제조하기 시작했다. 하지만 그들은 창업주와 회사가 겪었던 시행착오와 제논의 역설 따위에는 관심이 전혀 없었고, 선도 업체의 기술 자료와 인력들을 은밀하게 빼내어 후발 주자로서의 불리함을 단숨에 극복할 수 있는 방법에만 집중했다. 하지만 경쟁자들 대부분은 회사의 정체조차 파악하지 못했고, 무모하지만 부단한 노력과 우연의 중첩 덕분에 한두 명의 직원과 어렵사리 접촉할 수 있었던 자들도 핵심 기술이나 생산 설비의 정보는커녕 조직과 인력의 규모조차 알아낼 수 없었다. 그런데도 경쟁자들은 하나같이 처참한 실패의 이력을 숨긴 채 최고 품질의 페인트를 최저 비용으로 생산하는 데 성공했다고 대대적으로 선전했는데, 유감스럽게도 이를 곧이곧대로 믿는 소비자는 거의 없었다. 회사는 경쟁자들의 거짓말을 쉽게 반박할 수 있었다. 우선 회사를 떠난 직원들의 숫자가 경쟁 업체 전체의 그것보다 많지 않았는데, 종신 고용 계약을 맺고 있던 그들이 부득이 회사를 떠나야 했던 이유는 죽음 때문이었다. 회사의 엄격한 규정을 어기고 해고당한 스무 명 남짓의 직원들은 회사를 떠나자마자 거의 죽은 자와 마찬가지 상태로까지 파멸했기 때문에, 설령 복수의 일념으로 초인적인 능력을 발휘하여 경쟁 업체에 입사할 수 있었다고 하더라도 자신의 역할을 정상적으로 수행할 수 있을 만큼의 심신 상태는 아니었으리라. 그런데도 그들은 전직 회사가 자신의 신상 정보를 확인해 주지 않을 것이라는 사실을 악용하여 거짓 이력서로 엄청난 금액의 연봉을 요구했을 수도 있다. 다섯 명의 원로들을 제외하고 회사의 어느 직원도 붉은 페인트 제조 비밀과 회사의 프로세스를 정확히 이해하지 못한다는 사실을 전혀 알지 못하는 경쟁 업체로선 새로 영입한 자들에게 회사의 명운을 통째로 거는 도박을 감행할 수밖에 없었다. 자신의 거짓말보다 훨씬 크고 무거운 역할을 덜컥 맡게 된 자들은 매 순간 무력감과 불안감 사이에서 시달려야 했다. 회사는 단 한 명의 직원이라도 죽거나 해고되는 즉시 기존의 프로세스를 폐기하고 데이터를 새로운 저장 장치로 옮긴 뒤 새로운 프로세스에 접근할 수 있는 권한을 새롭게 발급했기 때문에, 이탈자들이 기억을 더듬어 회사의 프로세스로 잠입해 들어오는 것은 불가능했다. 비상한 기억력과 논리력을 바탕으로 복기해 낸 중요 기술이나 프로세스는 마치 그곳에 도시가 세워지기 수 세기 전에 작성된 지도와도 같아서 현재의 장애물과 출입구를 파악하는 데 전혀 도움이 되지 않았다. 프로세스와 관련하여 회사가 직원들에게 알리지 않은 비밀 중 하나는, 한 명의 직원에게 할당되었던 질문은 다른 직원에게 전달되었던 그것과 상충되기 때문에 만약 한쪽의 답변을 신뢰하게 되면 다른 쪽의 답변은 자동적으로 부정될 수밖에 없다는 사실이었다. 그것이 회사의 근간을 이루는 중요한 원칙이었다. 한 덩어리의 정보, 한 명의 직원, 하나의 조직은 반드시 다른 덩어리의 정보, 직원, 조직과 정확히 대칭되도록 애당초 설계되어 있다. 서로 대칭되는 주체와 객체 사이의 갈등이 변증법을 작동시키고, 서로 격렬하게 융합하거나 분열하는 과정을 통해 완성된 질문과 답변만 회사의 자산으로 축적되기 때문에, 모든 정보와 인원과 조직을 동시에 확보하지 못하는 한 회사와 상품을 정확히 복제하는 일은 결코 불가능했던 것이다. 부분의 합은 결코 전체가 되지 않으며, 회사의 중요한 자산은 기술과 상품이 아니라 기술이 상품으로 변환되는 과정이고, 광대무변한 가능성을 모조리 계량화하거나 문자로 남길 방법은 요원하다. 이 또한 창업주가 연금술사 스승에게서 배운 교훈이다. 그러니 설령 회사에서 해고된 자들의 개별적 이야기는 믿을 수 있을지언정, 그것들을 쌓고 이어 붙여 완성된 지식과 경험은 전혀 믿을 수 없다. 이 모호한 논리를 뒤늦게나마 알아차린 경쟁자들은 더 이상 회사의 일탈자들을 스카우트하는 데 관심을 보이지 않게 되었고, 회사의 직원들 역시 점점 더 강화되는 규정을 위반하지 않기 위해서라도 탐욕을 스스로 덜어 내지 않을 수 없었다. 하지만 시행착오와 제논의 역설을 통해 스스로 페인트 제조 기술을 개발하고 조직의 원리를 세우는 데 가시적인 성과를 거둔 경쟁 업체들에게 ─ 실패한 경쟁 업체들은 아예 다른 분야의 사업으로 옮겨 갔다 ─ 소비자들은 여전히 냉담한 반응을 보였는데 선의의 경생이 항상 합리적이고 미래 지향적인 결과를 도출한다고 맹신하지 않기 때문이었다.

회사는 다음과 같은 자산들로 구성되어 있다.

1. 개인: 조직의 유전자를 전달하는 숙주

2. 프로세스: 조직의 유전자

3. 역사: 개인과 프로세스의 변증법적 대화 과정

4. 브랜드: 파블로프 박사의 종소리

5. 경쟁자: 절벽과 사막을 피하는 표지판

6. 실적: 전쟁이나 기근 등의 비극이 일어날 확률

7. 세금: 회사에 대한 국가의 신뢰도

8. 전략: 해몽을 위한 구태

9. 복리 후생: 자기 연민에서 순수 노동의 열락을 제외한 가치

10. 지적재산: 미래를 경작할 비료

11. 생산 설비: 최소한의 존재 증명

반면 회사의 자산에는 다음과 같은 것들이 포함되지 않는다.

1. 창업주의 가족: 회사의 과거에 기생하는 바이러스

2. 본사: 과대망상 직원들을 가두기 위한 판옵티콘(Panopticon)*

3. 주식: 라플라스의 악마**

4. 국적 및 인종, 성별, 언어, 연령: 속옷 안에 덧입는 액세서리

5. 전화: 결코 존재하지 않는 자들의 네트워크

6. 시간: 무한한 개연성을 파괴하는 청산가리

7. 이윤: 재료 공급자들의 불가항력적 손실과 직원들의 불가산(不可算) 노동과 소비자들의 기회비용의 총합보다도 항상 상회하는 죄악

---

* 처벌과 감시를 위해서라면 한곳에서 사방을 살필 수 있는 원형 건물을 건설하는 것보다 아르고스처럼 눈이 100개인 간수를 채용하는 편이 훨씬 경제적이다.

** Laplace's demon. 수학자 라플라스는 과거와 현재의 데이터를 분석하여 미래를 완벽하게 예측할 수 있다고 공언했지만 수식을 계산할 때마다 항상 실수를 범하여 미래를 후퇴시켰다.

물론 이러한 분석 방법은 유기체와 같은 회사를 몇 가지 물성적 특징만으로 지나치게 단순화할 위험이 있다. 하지만 모든 개체는 단순한 형태로부터 시작되고 실존에 대한 인식은 타자와의 차이를 발견하면서 시작되는 법이다. 비난을 위한 비난은 이를테면 화학무기를 잘못 사용하여 적군과 아군을 구별하지 않고 함께 몰살시킨 뒤 적군의 사상자 숫자만 세는 행동과 크게 다르지 않다. 정작 비난받아 마땅한 것은 시작의 단순함이 아니라, 더 복잡하고 다양한 방향으로 진보하지 않는 안일함이다. 아담의 실패로부터 태어난 인간은 제 아버지가 겪었을 내적 갈등과 시행착오를 깊이 이해하지 않고선 결코 위대해질 수 없다. 회사의 역사는 개인과 개인의 역사, 개인과 사회의 역사, 사회와 사회의 역사, 그리고 역사와 역사의 역사를 동시에 반영하고 있기 때문에, 큰 덩어리에서 작은 덩어리를 떼어 내어 독립적으로 이해하려는 시도는 무모할 따름이다. 하지만 제한된 시공간에 갇혀 있는 인간에겐 공시적 분석은 불완전할 수밖에 없다. 말장난으로 들릴 수도 있겠지만, 차라리 회사의 역사와 아무런 관계가 없다고 추측되는 것부터 제거해 나가는 방법을 추천해 주고 싶다. ── 반증 가능성이 낮은 것들은 잠정적으로나마 진실로 취급할 수 있다 ── 그렇게 하다 보면 껍데기는 사라지고 알맹이만 남게 되지 않을까. 물론 이 방법 또한 맹신하지 말길. 손안에 고인물을 가둬 두려고 아무리 노력해도 결국 그 물은 손가락과 손날 사이로 빠져나갈 것이라는 사실을 항상 기억하길.

제1차세계대전은 젊은 창업주뿐만 아니라 창업을 도왔던 동료들에게 과학과 대량생산의 위대함을 각인시켰다. 대량소비의 시대 — 프랑스인들은 1920년대를 들뜬 시대(Annees-folles)라고 불렀다 — 는 유럽에 민주주의가 전파되는 시기이기도 했다. 훗날 창업주는 이런 비인간적인 방식을 분명하게 반대하긴 했지만, 테일러* 시스템에 경도된 그의 동료들은 노동자들에게 물질적 풍요와 정신적 여유를 동시에 제공하기 위해서라도 기계와 노동을 과학적으로 관리해야 한다고 주장했다. 그리하여 테일러리스트(Taylorist)들은 — 나중엔 노동조직에 의해 테러리스트(Terrorist)로 오역되기도 한다 — 재료 보관 장소와 작업장을 엄격하게 분리하고, 모든 직원들을 기술과 교육 수준에 따라 관리자와 노동자로 나누어 각자에게 직위를 부여했으며 그에 따라 권한과 임금을 차별했다. — 조직의 결정을 이해하고 이를 전파할 능력을 지닌 직원들은 관리자로 분류된 반면, 결정된 사항대로 실행하고 결과에 따라 평가를 받는 직원들은 노동자로 간주되었다. 두뇌를 지닌 관

* 프레드릭 윈슬로 테일러(Frederick Winslow Taylor, 1856~1915).

리자가 손발만 지닌 노동자에 비해 더 나은 대우를 받은 건 예상 가능한 결과였다. 작업장과 사무실의 책상들을 두 줄로 배치하고 두 줄의 작업장 사이로 스틱스강처럼 컨베이어 벨트를 흐르게 했다. 하루 종일 서로 마주한 채 일을 하게 된 동료들은 자연스럽게 서로를 감시하고 경쟁하게 되었으며 회사는 다양한 혜택을 미끼로 그들의 탐욕을 부추겼다. 상위의 관리자들은 하나의 상품을 완성하는 데 필요한 모든 작업을 세밀하게 규정한 뒤 직원들 각자에게 배분했으며, 만약 그 일을 마무리 짓지 못했을 경우 자신과 동료들, 그리고 회사가 입게 될 손해에 대해 반복해서 교육했다. 그러고는 테일러처럼 스톱워치를 들고 작업장과 사무실을 수시로 드나들면서*— 유럽 시계 산업의 발전이 테일러의 공적이라는 주장은 결코 근거 없지 않다— 직원들의 개별 업무나 생활에 소요되는 시간을 일일이 측정하여 가장 효율적인 작업 순서와 표준 작업량, 보고 체계, 공간 배치 방안 등을 고안해 냈다. 작업장을 몇 개의 구역으로 나눈 뒤— 마치 시위를 떠난 화살

---

* 테일러는 초인적인 능력을 보유하고 있어서 서류함을 열고 닫는 데 0.04초면 충분했고, 책상 서랍을 여는 데는 0.026초, 닫는 데 0.027초, 의자에서 일어나는 데 0.033초, 회전의자에서 한 바퀴 도는 데 0.009초, 옆에 있는 책상이나 파일함까지 움직이는 데 0.05초면 충분했다. 너무 효율적으로 인생을 산 까닭에 겨우 쉰아홉 살의 나이에 죽음을 대면한 그에겐 아무런 회한도 남아 있지 않았을 것이다.

'이 통과하는 공간을 나누어 운동과 시간을 설명하려 했던 제논처럼 — 각 구역마다 비상벨을 설치하고 관리자들을 배치했다. 그리하여 생산 도중에 문제가 발생할 때마다 관리자들이 컨베이어 벨트를 멈추고 비상벨을 눌러 댔는데, 작업장의 기둥과 벽이 흔들릴 정도로 시끄럽게 울어 대는 사이렌은 실수를 저지른 노동자의 심신에 죄책감과 모멸감을 무자비하게 찔러 넣었다. 제2차세계대전이 발발하기 직전에는 파두(Fado)*가 사이렌을 대체했으나, 살기는 조금도 누그러지지 않았다. 그 노래는 직원들에게 자신의 퇴근이 늦어질 것이라는 사실을 알려 주었고, 그러면 그들은 무의식적으로 허기와 피로감을 느꼈다. 이런 일련의 조치에도 만족하지 못한 테일러리스트들은 작업의 효율성을 높이기 위해선 노동의 질을 매일 균일하게 유지해야 한다는 생각에까지 이르러, 모든 직원들은 퇴근 후 술과 도박을 즐겨서는 안 되고 반드시 가족과 함께 저녁 식사를 해야 하며, 일요일에는 성당의 미사에 참석해야 한다는 문구를 노동 계약서에 추가하고 서명을 강제했다. 하지만 당시 유럽을 휩쓸고 있던 공산주의에 매료당한 직원들은 거세게 반발했다. 관리자의 머리와 노동자의 손발이

---

* 파두는 포르투갈 민속음악을 의미하기에 앞서 운명을 의미하기도 한다. 파두에는 사우다지(Saudade)라는 고유한 정서가 반영되어 있는데, '슬픔' 또는 '회한'으로 번역될 수 있다.

연일 곳곳에서 충돌하면서 갈등이 점점 깊어져 갔다. 창업주는 이런 상황을 예견하고 다양한 예방 조치를 도입했으나 산불처럼 밀어닥친 역사적 과정을 피할 수는 없었다. 신비로운 붉은 페인트를 재현하는 실험에 몰두하느라 수년째 실험실에서 두문불출하던 창업주는 아침 식사 도중에 회사가 처한 절체절명의 상황을 전해 듣고, 거의 성공 직전까지 다다른 실험을 중단하지 않을 수 없었다. 식사를 마치지 않은 채로 회사에 출근한 그는 사업에 필요한 최소한의 설비와 비용을 제외한 모든 자산을 직원들에게 양도하겠노라고 약속했지만 불길을 잡을 수 없었다. 창업주는 테일러 시스템, 특히 효율성이나 과학적 관리라는 용어를 전혀 이해하지 못했다. 그저 자신이 발명한 페인트를 필요로 하는 사람들에게 값싼 가격으로 널리 보급하는 게 사업 목표였으며, 재료비와 직원들의 월급을 무난히 지급할 수 있을 정도의 이익만으로 충분했다. 그의 철학은 마르크스가 최초로 지적했던 원시 공산주의 사회에나 적합한 것이었지만, 그를 불신하고 있던 직원들은 그의 진심에 조금도 설득당하지 않았다. 이해와 동의는 곧 패배를 의미했으며 시행착오는 진화의 안티테제가 아닌 퇴행의 징후로 간주되었다. 소모적인 갈등 때문에 사업이 크게 위축되었는데도 — 이익을 날짜별로 구별하고 서로 비교하여 누군가를 칭찬하거나 비난하고, 비난을 피하기 위해 비난의 구실을 찾으려는 시도가 이어지자 창업주는 크게 낙담하지 않을 수 없었는데, 농사나 사냥이 그러하듯이, 인간이 할 수 있는 것은 그저 순간을 기다려 감사하고 수긍하는 것이지, 극복하고 개선하는 게 아니라고 그는 생각했기 때문이다 — 도리어 테일러리스트들은 더욱 크고 거친 목소리로 지속적인 개선을 주장하면서 파격적인 아이디어를 창업주의 동의 없이 독단적으로 실행했다. 그런데 역설적이게도 그들의 과학적 방법이 대부분의 위기를 단시간에 해결했다는 사실이 문제였다. 테일러 시스템 덕분에 페인트 한 통을 제조하는 시간이 열네 시간에서 두 시간으로 크게 줄어들었고 회사의 이익은 일곱 배가 늘어났다. 그 결과로 두 배의 월급을 받게 된 직원들은 이웃보다도 훨씬 일찍, 그리고 더 고급스러운 라디오를 가질 수 있었고 적어도 일요일 저녁에는 가족들과 함께, 영국인들이 자랑하는 선데이 로스트를 포르투갈식으로 변형하여 즐겼다. 테일러리스트들의 성공을 방해할 수 있는 자는 더 이상 회사에 존재하지 않게 되었을 뿐만 아니라, 그들을 추종하는 직원들이 급격히 늘어나면서 — 때로는 그들 사이의 무모한 경쟁때문에 예상하지 못한 난관과 손해를 겪어야 했지만 — 결국 사업의 주체는 개인에서 조직으로 전환되었다. 더 이상 자신의 철학을 사업에 반영할 수 없게 된 창업주는 회사의 최종 결정권자의 자리에서 스스로 내려와 패장처럼, 또는 자유인처럼 실험실로 돌아갔다.

제2차세계대전의 전운이 서유럽을 뒤덮기 시작할 무렵, 고도로 발달한 테일러 시스템이 오히려 자신들의 존립을 위협하게 될 것이라고 걱정한 직원들 — 테일러리스트들의 분류법에 따르자면, 조직의 결정에 개입하지 못하고 그저 손발만을 제공하는 노동자들이 아니라, 조직의 결정을 이해하고 이를 전파해야 하는 관리자들 — 이 자신의 보고서에 암호와 같은 문장을 포함시켜 동료들에게 전파하면서 조직적 저항을 시도했는데, 구체적인 목표와 활동 일정을 수립하기 직전에 인사팀에 의해 발각되었다. — 초창기 프로세스는 특정 직원들에 의해 관리되고 있었고 직원들의 신상 정보 역시 한곳에 보관되어 있었다 — 회사는 이 사건을 마치 스페인 독감*의 재림으로 간주하고 — 실제로 스페인 독감에 감염되어 직원들 수십 명이 죽기도 했다 — 바이러스 보균자이거나 그와 접촉했을 개연성이 있는 직원들을 선별하여 격리시키는 작업을 벌

---

* 스페인 독감(Spanish influenza)은 미국 시카고에서 1918년 시작되어 2년 동안 전 세계에서 3000만 명 이상의 희생자를 냈다. 이 병원균의 발원지는 스페인이 아니었건만, 제1차세계대전에 참전하지 않았던 스페인의 언론들이 전쟁 대신 독감 기사를 깊이 다루기 시작하면서 이런 불명예스러운 이름이 붙여졌다.

였으나, 이미 복잡해질 대로 복잡해진 프로세스 안에서 매번 출구를 찾지 못하게 되자, 결국 최초 보균자로 의심되는 직원과 그와 보고 체계로 연결되어 있는 직원들 전원을 해고한다는 결론에 이르렀다. 그 당시엔 얼마나 많은 직원들이 해고되었는지 알려지지 않았으나, 훗날 창업주가 인사팀의 비밀 캐비닛에서 찾아낸 자료에 따르면 전체 직원의 70퍼센트에 해당하는 직원들이 해고되었다. 대안 없이 긴급하게 인력을 감축했음에도 불구하고 조직과 사업이 정상적으로 유지될 수 있었던 까닭은, 완벽한 프로세스를 설계하고 관리했던 테일러리스트들의 천재성과 성실성 덕분이었다. 해고된 직원들은 단체를 조직하고 법적 투쟁을 준비했으나, 갑작스레 발발한 제2차 세계대전 때문에 정당한 기회를 얻지 못한 채 군대에 입대하거나 피난을 떠나고 말았다. 그들 중 고작 일부만이 겨우 살아서 포르투로 돌아왔을 때, 그곳엔 더 이상 회사와 동료들은 존재하지 않았고 그것들의 과거와 현재를 추적할 수도 없었다. 그저 창업주에 대한 소문만 요란했다. 귀환자들은 한동안 실의와 가난 속에서 힘겹게 지내다가 훗날 창업주로부터 은밀한 연락을 받고 회사로 모두 복귀했다. 그 뒤로 그들은 서로 만나지 못했기 때문에 자신의 안위를 위해 동료를 배신했다는 죄책감에 평생 시달렸다.

제2차세계대전 동안 포르투갈은 중립을 지키면서도 연합국에 우호적이었으나, 전쟁 초기에는 스페인의 프랑코를 지지했다. 그때 창업주가 연금술사 스승과 함께 만들었다는 신비로운 붉은 페인트에 대한 소문이 프랑코에게까지 흘러 들어갔다. 주변 환경에 따라 저절로 색깔이 바뀌는 페인트를 확보하여 군대와 무기를 위장할 수만 있다면, 다양한 자연과 문화 환경을 지닌 유럽의 어느 곳에서도 전투를 승리로 이끌 수 있을 것이라고 독재자는 확신했다. 그래서 자신의 비밀경찰들을 중립국인 포르투갈에 급파하여 창업주를 추적했고, 이를 눈치챈 이탈리아의 무솔리니와 독일의 히틀러까지 곧이어 합세했는데도, 정작 경제학과 교수 출신의 포르투갈의 독재자*는 3F 정책, 즉 파티마(Fátima),** 축구(Football), 파두 같은 우민화 정책에만 심취한 나머지 자신의 주머니 속에 들어 있던

---

* 안토니우 드 올리베이라 살라자르(Antóio de Oliveira Salazar, 1889~1970). 1932년 총리로 선출된 이후 36년간 독재 체제를 유지했다. 포르투갈을 독재자로부터 해방시킨 것은 군사 쿠데타나 시민혁명이 아니라 그물 침대였다. 1968년 그는 여름 휴가 도중 그물 침대에서 잠을 자다가 떨어지는 바람에 의식불명 상태에 빠졌다가 2년 뒤 뇌일혈로 사망했다.

** 포르투갈 산타렘 주의 빌라노바데오렘에 위치한 마을로, 1917년 5월부터 10월까지 매달 13일 세 명의 어린 목동 앞에 성모마리아가 나타났다는 사실을 교황이 공식적으로 인정하면서 가톨릭의 3대 성지 중 하나가 되었다. 살라자르는 그 기적을 자신의 치적으로 삼고 싶었을 것이다.

보물의 가치를 전혀 알아차리지 못했다. 창업주는 프랑코의 비밀경찰들이 들이닥치기 직전에 신비로운 붉은 페인트 시료를 챙겨 간신히 몸에 숨길 수 있었지만, 공장에서 평소처럼 일하고 있던 대부분의 직원들은 체포되어 비밀 장소에 구금된 뒤 종전 소식도 듣지 못한 채 창업주의 행방과 신비로운 붉은 페인트의 비밀을 자백하도록 고문당했다. 연옥에서 벗어나기 위해 자살을 시도한 자가 여럿이었으나 성공한 자는 거의 없었다. 뜨거운 음식과 푹신한 잠자리를 얻기 위해 어떤 자들은 꿈의 내용들을 각색해서 자백했는데, 모로코에서 카펫을 만드는 친척의 집에 창업주를 숨겨 주었다고 말하는가 하면, 창업주가 터키의 산악 지대에 숨어 지내다가 양치기에게 소지품을 모두 빼앗기고 절벽 아래로 던져졌다고 증언하기도 했다. 고통에 가장 허약한 자의 이야기는 더욱 구체적이고 흥미진진했다. 창업주는 프랑코의 비밀경찰들의 추적을 피해 피레네산맥 부근의 국경을 넘다가, 스페인 내전이 끝난 뒤에도 철수하지 않고 그곳에 주둔하고 있던 무솔리니 군대에 붙잡혔다. 창업주는 피렌체로 이송되어 잔혹한 고문을 받았으나 신비로운 붉은 페인트의 비밀을 끝까지 발설하지 않았다. 뒤늦게 이 소식을 보고받은 히틀러가 창업주를 빼내기 위해 친위대를 피렌체로 급히 보내어 무솔리니의 비밀경찰과 총격전까지 벌였고, 혼란을 틈타 창업주는 간신히 도망칠 수 있었다는 것이다. 이 사건을 계기로 히틀러와 무솔리니의 관계가 급격히 나빠졌을 뿐만 아니라 무솔리니는 훗날 히틀러를 암살하려는 계획까지 세웠다는 설명도 빠뜨리지 않았다. 하지만 프랑코의 성실한 비밀경찰들에 의해 이 모든 이야기가 거짓으로 판명되자, 증언자들은 비로소 연옥에서 영원히 벗어날 수 있었다. 그 이후 등장한 어떤 전쟁광도 자신의 권위와 영화를 반세기 이상 유지하지 못하는 사실로 미루어 짐작하건데, 신비로운 붉은 페인트 시료의 비밀은 아직까지 안전하게 보존되어 있는 게 분명하다. 어쩌면 완전히 폐기되었을지도 모르는데, 그 덕분에 인류는 절멸을 피했고, 지구 또한 인간의 발명품으로 여전히 남을 수 있었으리라. ── 창업주조차 그 신비로운 붉은 페인트의 제조 방법을 알지 못한다는 사실은 나중에 밝혀졌다 ── 전쟁이 끝나고 전쟁광들의 추적은 멈추었으나 ── 프랑코는 여든두 살에 죽을 때까지도 이 실패를 두고두고 아쉬워했다고 전해진다 ── 창업주는 가족과 회사 직원들 앞에 나타나지 않았고 포르투의 공장은 끝내 생산을 재개하지 않았다. 신비로운 붉은 페인트에 대한 소문은 그저 전쟁이 만들어 낸 황당무계한 이야기 중 하나로만 늙은이들 사이에 회자되었다. 창업주의 손녀라는 노파가 죽음을 앞두고 어느 날 오후 마제스틱 카페에 나타나서 늙은 점원에게 자신의 가계도를 증명해 보이며, 콜롬비아 국적의 작가가 쓴 소설 한 권을 건넬 때까지. 그 책이 창업주의 말년에 대해 기록하고 있을 것이라고 확신한 포르투 사람들은 마치 파티마의 목동들의 증언을 받아들일 때처럼, 아주 진지하고 신속하게, 이런 문장을 진실로 받아들였다. "그는 코끼리의 머리 위에 앉아 있는 황금빛 옷을 입은 여자를 보았다. 그는 구슬퍼 보이는 단봉낙타를 보았다. 그는 네덜란드 여자처럼 옷을 차려입고 음악에 맞춰 수프 국자로 튀김판을 두드리는 곰을 보았다. 그는 행렬의 끝에서 바퀴로 재주를 피우는 어릿광대를 보았고, 그리고 그러한 모든 것이 다 지나간 다음에 다시 뒤에 남은 비참한 고독과 마주 섰으며, 밝고 넓은 길거리는 텅 비어 있었고, 하늘에는 개미들이 날아다녔고, 길에 남은 몇몇 구경꾼들은 미지의 세계를 기웃거렸다. 그러자 그는 곡마단 생각을 하면서 밤나무 밑으로 갔고 오줌을 누면서도 곡마단 생각만 하려고 했지만, 더 이상 기억을 찾을 수가 없었다. 그는 어린 병아리처럼 머리를 두 어깨 사이에 처박고 이마를 밤나무에 기대고는 꼼짝도 않고 그 자리에 서 있었다. 이튿날 아침 11시에 쓰레기를 버리려고 뒷마당으로 나갔던 산타 소피아 데 라 삐에다드는 콘도르들이 날아 내려오는 것을 보고 웬일인가 하고 둘러보다가 밤나무 밑에서 아우렐리아노 부엔디아 대령을 발견했다."*

---

* 가브리엘 가르시아 마르케스, 조구호 옮김, 『백년의 고독』 2권(민음사, 2000), 99쪽.

한 번은 도루강으로 이틀 동안 붉은 물이 흘러갔다. 포르투의 사람들은 도루강을 오르내리는 와인 운반선 중 하나에서 와인이 쏟아져 나와 — 정작 선장과 뱃사람들은 싸구려 럼주에 취해 있었을 것이다 — 강물을 오염시킨 것이라고 생각했다. 경찰은 도루강변을 따라 늘어서 있는 와이너리 창고를 모조리 방문하여 범인을 추적했지만 끝내 아무런 소득도 얻지 못했다. 제 발 저린 와이너리 주인들이 직원들을 동원하여 도루강변을 청소하는 한편 너무 오래된 오크통을 새것으로 바꾸고 와인 운반선에 방수 페인트를 덧칠했지만 징벌과도 같은 세금을 피할 수는 없었다. 와이너리 주인들은 억울함을 호소하면서, 이틀 동안 도루강을 채운 것이 와인이었다면 당연히 수중의 물고기들이 배를 드러내 보이며 수면 위로 떠올랐을 것이고 그것들을 낚아채려는 갈매기들 때문에 요란한 소동이 일어났을 텐데 강물의 안팎이 한없이 고요했기 때문에 정부가 세금 부과에 앞서 그 기이한 현상의 인과관계부터 설명해야 한다고 주장했다. 큰바람에 수면이 요동치면서 교각마다 붉은 문양들을 남기자 비로소 포르투 사람들은 그것이 회사의 붉은 페인트일지도 모른다고 의심하기 시작했다. 페인트가 천연 재료로 만들어져서 모든 생명체에 무해하다는 회사의 광고가 사실로 입증된 셈이다. 이틀 뒤 도루강물이 다시 투명하게 변하자 창업주 또는 그의 연금술사 스승이 포르

투 시민들에게 비장한 메시지를 보내기 위해 일부러 강물을
붉게 만들었다는 — 또는 붉게 보이도록 속였다는 — 소문이
생겨났는데, 히틀러가 군대를 이끌고 폴란드 국경을 넘었다는
뉴스도 이 무렵에 들려왔다.

신비로운 붉은 페인트의 비밀을 세상에 처음 발설한 자
는 창업주의 맏아들이었다. 그는 공화주의자들이 군사혁명
을 통해 동 마누엘 2세를 몰아내고 공화국을 선포한 1910
년에 태어났다. — 창업주의 두 아들은 모두 혁명의 기운
을 받고 태어났다. 반면 딸은 혁명과 혁명 사이에서 태어났
다 — 하지만 그는 연금술에 몰두한 채 가정을 돌보지 않
은 아버지와, 아버지를 대신하여 생선 행상으로 돈벌이를 해
야 했던 어머니 모두에게서 사랑을 거의 받지 못한 채 자라났
다. 그를 키운 건 도루강을 오르내리는 와인 운반선들과 갈매
기들과 뱃사람들의 욕지거리와 창녀들의 화장품 냄새였다. 너
무 어려서부터 체득한 고독과 불안은 타인에게서 애정을 얻어
내는 능력을 거세시켰다. 죽음 이외엔 어느 누구도 그의 방탕
과 기행을 멈출 수 없을 것이라고 생각했던 부모 앞에 그는 스
물여섯 살이 되던 해 포르투갈 청년단(Mocidade Portuguesa)*

* 독일의 히틀러 유겐트(Hitler Jugend) 조직과 이탈리아의 오페라 나치오

의 제복을 말끔하게 차려입고 나타나서는, 마치 오래된 꿈에서 방금 전에 깨어난 자처럼 역사에 대한 자신의 소명과 그것을 이루기 위해 시대가 감당해야 할 책임 따위를 흥분해 가며, 그러나 오랜 수련의 결과인 듯 절도 있게 떠들어 대기 시작했다. 그러고는 부모에게 헌신과 희생을 요구했다. 부모는 처음으로 자신들 앞에서 제 삶의 목표와 윤리를 말할 수 있게 된 장남이 잠시 대견스럽기도 했지만, 그를 갱생시킨 사상이 파괴와 혐오에 경도되어 있다는 사실을 깨닫고 사지가 마비될 정도의 공포에 휩싸였다. 수일 동안 이어진 불면의 밤은 끝내 악몽을 현실로 재현하고 말았다. 창업주가 잠시 비운 작업실에서 맏아들이 찾아내려 했던 것이 무엇이었는지는 분명했다. 마치 제 코앞에서 토끼를 놓친 늑대처럼 그의 눈은 분노로 충혈되어 있었고 숨소리는 거칠었으며 얼굴은 땀과 침으로 번질거렸다. 두 주먹을 움켜쥔 채 몸을 부르르 떨면서, 신비로운 붉은 페인트 시료를 청년단과 국가에 헌납하기 전까진 추적과 파괴를 결코 멈추지 않을 것이라고 소리쳤다. 그 사건 이후로 작업실 앞을 한시도 떠나지 않고 창업주의 일거

날 발리야(Opera Nazionale Balilla) 조직을 모방하여 1936년 티아고 프랑코(Tiago Franco)가 창립한 우익 단체로, 일곱 살부터 열네 살까지의 어린아이들은 의무적으로 가입해야 했고, 스물다섯 살까지 자발적으로 멤버십을 연장할 수 있었다.

수일투족을 감시하기 시작한 맏아들로부터 비밀을 온전히 지켜 내기 위해선 인내심과 함께, 간수가 방심한 찰나를 놓치지 않고 행동 하나를 숨기는 민첩함이 필요했다. 맏아들은 불안정한 열정과 추상적인 대의 사이에서 균형을 잡지 못하고 종종 빈틈을 드러냈으나 창업주 역시 너무 긴장한 나머지 번번이 탈출에 실패했다. 결국 계명성(鷄鳴聲)에 평정심을 잃은 창업주는 신비로운 붉은 페인트 시료를 몸에 숨긴 채, 졸음에 짓눌려 목을 제대로 가누지 못하는 맏아들을 힘으로 쓰러뜨리고 작업실을 뛰쳐나갔다. 안전한 곳에 도착한 뒤에야 창업주는 아들과의 몸싸움 과정에서 붉은 페인트 일부가 흘러나왔다는 사실을 알아차렸다. 그 페인트는 창업주의 오른쪽 발목을 자신의 운명인 양 꼭 쥐고 있던 아들의 손등 위에 떨어졌다. 그리하여 맏아들은 주변 환경에 따라 색깔이 변하는 오른손을 지니게 되었는데, 주변 사람들의 냉담한 시선에는 아랑곳하지 않고 청년단과 국가에 대한 자신의 충정이 마침내 증명되었다는 사실에 몹시 기뻐했다. 하지만 중요한 순간마다 사라져 버리는 자신의 오른손 때문에 아버지를 추적하고 체포하는 데 실패하자, 피붙이 사이의 사사로운 감정에 휘둘려 국가를 배신했다는 비난을 받고 맏아들은 청년단에서 축출되었다. 그 뒤로 그는 세상 사람들의 멸시와 냉소를 피해 음침한 지하실 안에 숨어서 쓸쓸하게 인생을 견뎌 내다가 결국 제 오른손이 건넨 청산가리를 삼키고 자살했다. 하지만 그의 오른손만큼은 여전히 살아남아서 ─ 신비로운 붉은 페인트는 마치 아킬레스에게 불사의 운명을 선사한 스틱스강물과 성분이 같다 ─ 세상의 모든 범죄를 저지르고 있다고 전한다. 그래서 포르투 사람들은 자신이 전혀 의도하지 않은 실수를 저지를 때마다 창업주의 맏아들의 오른손 탓으로 돌렸고, 그러면 사람들은 웃음으로써 실수를 덮어 주곤 했다.

만약 둘째 아들이 자신의 발목을 붙잡았다면, 창업주는 작업실에서 탈출하는 것을 포기했을 뿐만 아니라 제 몸에 숨긴 시료를 기꺼이 내어 주었을 것이다. 그리고 이렇게 말하며 체념했으리라.

"네가 이러는 이유가 반드시 있겠지. 너는 나의 위대한 스승과 헤르메스 트리스메기스투스의 거룩한 명령만을 따르고 있을 테니까."

창업주는 둘째 아들 ─ 그 역시 1917년 시도니오 파이스 (Sidónio Pais) 소령이 쿠데타를 일으켜 국민의 손으로 대통령을 직접 뽑을 수 있는 헌법을 완성한 해에 태어났다 ─ 을 편애했다. 태어나기 전부터 신비한 징후들 ─ 일식, 혜성의 출몰, 한겨울의 폭염, 머리가 두 개인 거북이의 출현 등 ─ 이

연달아 일어나는가 싶더니 아들의 몸에서 남녀 생식기가 동시에 발견되었다. 연금술사가 영생불멸의 상징으로서 궁구(窮究)하는 레비스(Rebis)의 현신으로 칭송하기에 부족함이 없는 증거였다. 둘째 아들은 자라면서 평범한 아이들과는 달리 식욕이나 물욕에 현혹되지 않았다. 그런데도 평범한 아이들보다 훨씬 웃자랐고 피부는 윤기가 흘렀으며 항상 겸손하고 신중한 태도로 가는 곳마다 모든 이에게 환영 받았다. 하지만 그는 아버지의 작업실에서 오래된 책들과, 실패한 실험이 남긴 정체 모를 재료들을 가지고 노는 걸 가장 좋아했다. 그가 순수한 표정으로 가끔씩 던지는 모호한 질문들은 하나같이 창업주가 수십 년 동안 해독해 오고 있던 책들 속에 기록된 것들과 비슷했다. 그래서 둘째 아들이 열세 살이 되던 해부터 창업주는 그를 신뢰할 만한 조수로서 자신의 실험에 참여시켰다. 비록 창업주와 둘째 아들은 연금술사 스승의 신비로운 붉은 페인트를 끝내 재현할 순 없었지만, 훗날 창업주와 그의 가족들에게 영원한 명예와 생계를 보장해 준, 그리고 세계 곳곳의 사람들에게 일자리와 월급과 복지 혜택을 제공해 준 붉은 페인트를 함께 만들어 냈다. 창업주는 만약 자신의 신변에 이상이 생긴다면 대부분의 재산 — 물질뿐만 아니라 정신적인 성과물 — 을 당연히 둘째 아들이 물려받아야 한다고 생각했다. 둘째 아들이 평생 동안 실험실에서 연금술에 매진할 수 있도록 가까운 곳에 머물면서 정성껏 보살피겠다는 각서를 받은 뒤에야 다른 자식들과 그들의 어머니들에게도 재산을 분배해 줄 작정이었다. 맏아들의 오른손으로부터 지켜 낸 신비로운 붉은 페인트 시료를 안전한 곳에 숨기고 자신 역시 은신처로 숨어들기에 앞서 창업주는 둘째 아들만 해독할 수 있는 편지를 보내어 시료가 숨겨진 장소를 알려 주려고 했다. 하지만 아버지의 편지를 가로챈 맏아들은 그것의 내용을 전혀 해독할 수 없자 아버지가 자신의 동생만을 포르투갈 밖으로 탈출시키려 한다고 생각하고 격한 질투심에 사로잡혀 편지를 불태워 버렸다. 그러고는 적군에게 붙들린 아버지의 목숨을 구해 내기 위해서라도 신비로운 붉은 페인트를 반드시 재현해야 한다고 이복동생을 채근했다. 둘째 아들은 실험실에 틀어박혀 세상과 완전히 절연된 채 시행착오를 반복했다. 하지만 이미 아버지의 뜻을 간파한 그는 오로지 실패를 확인하기 위해 실험을 진행했고 자신의 재능과 열정을 파괴하는 데 더 많은 시간과 노력을 쏟아부었다. 마침내 그는 자웅동체인 자신의 몸을 둘로 분리하는 데 성공했고 식욕과 성욕과 물욕을 제 몸속에서 감지하게 되었으며, 자신에게 오랫동안 연정을 품어 온 조카, 그러니까 누나의 딸과 동침했다. ─ 조카는 그저 외삼촌의 몸속에 반쯤 남아 있던 여성성에 이끌려 흔히 또래 여자들이 그러하듯이 수다를 떨고 비밀을 공유하려 했다가 갑작스레 들이닥친 잠을 피하지 못하고 침대 위에 쓰러졌다. 그리고 깨어나선 꿈의 내용은커녕 자신이 그곳으로 들어온 과정조차 전혀 기억하지 못했다 ─ 아침이 시작되었을 때 둘째 아들은 미리 만들어 둔 액체를 들이켰는데, 바닥에 널브러진 외삼촌의 육신에서 푸른 연기가 흘러나와 실험실 창문 밖으로 빠져나가는 걸 조카는 끝까지 지켜보았다. 그때가 제2차세계대전이 끝나기 1년 전인 1944년이었으므로 만약 둘째 아들이 연합군의 승전 소식을 라디오로 꾸준히 듣고 있었더라면 최후의 결심을 좀 더 뒤로 미뤘을지도 모르겠다. 고작 열두 살이던 조카는 삼촌의 장례식장에서 사라져 세상의 모든 곳을 떠돌다가 서른 살이 되기도 전에 이미 죽은 자의 몰골을 하고 집으로 돌아왔다. 그녀의 어머니는 이교도의 신전 같은 실험실에 불을 지르는 것으로 아버지와 남동생에 대한 분노를 표시했으나, 실험실이 반쯤 불타기도 전에 마른 하늘에서 갑작스레 쏟아져 내린 우박들 때문에 불길이 수그러들자, 더 이상 저항할 수 없는 운명의 막중한 힘을 인정하지 않을 수 없었다.

회사가 100년의 역사를 채우지 못하고 급격히 소멸하던 시절에 아마존의 밀림 속에서 주변 환경에 따라 몸의 색깔을 자유자재로 바꿀 수 있는 돼지 한 마리가 발견되었는데, 창업주가 그 신비로운 붉은 페인트를 숨긴 곳이 아마존 밀림이었을지도 모른다는 의혹이 잠시 일었으나 돼지가 행방을 감추면서 관심은 이내 수그러들었다.

창업주는 동 카를로스 왕이 등극하던 1889년에 태어났다. 그리고 1911년 공화주의자들이 국가와 교회를 분리하는 법령을 공포하여 국민들로 하여금 더 이상 결혼과 출생의 정보를 가톨릭 성직자들에게 신고할 필요가 없도록 만들기 1년 전에 동갑내기 여자와 결혼을 했다.── 나중에 사람들은 이 여자를 첫째 아내라고 불렀다. 창업주는 연금술에 너무 심취한 나머지 자신에게 아내가 있다는 사실을 잊어버린 채 어린 하녀와 동침하고 다음 날 아침 포르투 성당의 신부를 찾아가 혼인 신고를 하려다가 그는 첫째 아내의 존재를 깨닫게 되었다. 하지만 하녀의 몸속에서 자라고 있던 태아 때문이라도 그녀를 둘째 아내로 삼지 않을 수 없었다. 둘째 아내에게서 맏딸과 둘째 아들이 태어났다── 그리고 1년 뒤 맏아들을 낳았는데, 배곯은 갓난아이의 울음 따윈 거들떠보지 않은 채 하루 종일 실험실에 처박혀 페인트 만드는 일에만 열중해 있는 남편을 대신하여 첫째 아내는 출산한 지 사흘 만에 산후조리를 끝내고 도루강을 오르내리면서 생선 행상을 시작해야 했다. 육아와 살림은 둘째 아내가 맡았다. 하지만 다른 여자의 몸에서 딸과 아들을 얻고도 남편의 태도와 자신의 처지가 전혀 변하지 않자, 게다가 도루강에서 잡히는 생선의 양이 줄어들고 값이 치솟아 행상이 어려워지자, 첫째 아내는 남편의 실험실에서 실험 도구며 시료들을 꺼내어 내다 팔기 시작했다. ─ 창업주는 스승이 남긴 책 한 권을 지켜 내기 위해 첫째 아내의 발악을 묵묵히 견뎌야 했다 ─ 용도를 알 수 없는 실험 도구에 관심을 보이는 행인은 거의 없었다. 그러다가 우연히 집 앞을 지나가던 집시 아낙들의 호기심 덕분에 창업주의 발명품 ─ 실패작 또는 실패 중이던 부산물 ─ 의 상품성이 드러났다. 신비로운 눈빛과 기괴한 옷차림의 그녀들은 유리병 속에 담긴 붉고 끈적이는 페인트로 자신의 손톱과 발톱을 칠했는데, 마를수록 더욱 선명해지는 그 색깔과 광택에 완전히 매료되었다. 그래서 그녀들은 자신이 지니고 있는 물건이나 음식들을 대가로 지불하고 페인트를 샀다. 포르투 시민들에겐 전혀 쓸모도 없는 것이 미개한 종족에게 환영받는다는 사실에 별다른 감흥을 느끼지 못한 첫째 아내는 다음 날 아침 어제보다 더 많은 집시 아낙들의 방문을 받은 뒤에야 비로소 자신의 생각을 수정하지 않을 수 없었다. 창업주는 상품을 제조하기 위해서라도 다시 작업실에 머물 수 있었고 그것만으로 충분히 행복했다. 국경과 인종과 언어와 종교와 역사의 구애 없이 다양한 방식으로 살아가는 집시들은 페인트를 여러 방식으로 소비했는데, 어떤 이는 이빨에 페인트를 칠한 뒤부터 치통과 두통에서 치유되었고 어떤 이는 몸에 발라 밤새 벌레 걱정 없이 잠을 청할 수 있었다. 갑작스러운 폭우로 강이 범람하여 집시 마을을 덮쳤을 때 제 몸에 페인트를 칠한 사람들만이 간신히 목숨을 건졌다는 소문도 들렸다. 식기에 페인트를 칠하면 더욱 단단해지고 더욱 청결한 상태를 유지할 수 있기 때문에 마차로 매일 이동해야 하는 자들이 선호했다. 누군가 고양이의 콧잔등에 페인트를 바르고 무병장수를 염원하던 의식에서 영감을 받아, 어떤 이는 자신이 사냥하여 벽에 걸어 둔 박제 위에, 어떤 이는 죽은 자의 목관 안에, 그리고 어떤 이는 새로 태어난 아들의 발바닥에 페인트를 발랐다. 삶이 허락하는 한 오랫동안 기억하고 싶은 것들 위에 덧칠하면 망각과 부패를 견딜 수 있게 된다는 소문이 퍼지면서, 페인트를 구입하려는 자들이 더 이상 집시들로만 국한되지 않았다. 집시들의 마차가 지나간 자리에는 어김없이 창업주의 페인트에 대한 명성과 소문이 남았다. 급격히 늘어나는 수요를 창업주 혼자서 감당할 수 없을 지경에 이르자, 그의 첫째 아내는 한때 포르투 와인을 저장하던 창고를 빌리고 페인트 생산에 필요한 설비와 재료를 갖춘 뒤 항구의 일용 노동자들을 끌어모아 본격적으로 대량생산을 시작했다. 사업은 바닥을 모른 채 가파르게 성장했다. 하지만 페인트 제조 방법을 유일하게 알고 있던 남편이 전쟁광들의 추적을 피해 자취를 감추자 사업도 갑자기 내리막길로 들어섰고, 막대한 빚과 체불 임금을 해결하느라 바닥에 처박힌 첫째 아내는 다시 도루강을 오르내리며 생선 행상을 시작했고 가끔씩은 도루강에 정박해 있는 군함의 고위 장교들이나 정치가들에게 몸을 팔기도 했다. 전쟁이 끝난 직후 그녀는 둘째 — 창업주에겐 셋째 — 아들을 낳았는데 아이의 아버지를 두고 몹쓸 소문이 마을에 떠돌았다. 그녀는 비록 자신이 생계를 위해 몸을 팔았지만 남편의 명예를 더럽히는 짓은 결코 하지 않았으며 — 몸을 허락하기에 앞서 매일 30분씩 수은 증기로 비데를 하고 한 시간씩 로사리오 기도를 올렸기 때문에 결코 아이를 잉태할 수 없었다고 장황하게 설명했다 — 잠적한 남편이 어느 날 자신의 꿈에 나타난 뒤로 임신하게 되었다고 주장했다. 또한 그녀는 연금술사 스승이 만든 신비로운 붉은 페인트의 시료를 남편이 둘째 아들에게 — 창업주에겐 여전히 셋째 아들에게 — 물려주었다고 말했는데, 가계도가 불분명한 아들의 신변을 보장받기 위해 그녀가 일부러 거짓말을 지어 냈다는 사실이 곧 들통났다. 하지만 그 늦둥이가 다섯 살이 되기도 전에 불의의 교통사고로 죽게 되자, 그녀는 완전히 실성한 채 세상을 떠돌면서 모든 남자들이 잠자리에서 던져 주는 푼돈으로 겨우 여생을 꾸려 가는 신세가 되었다. 창업주가 손님으로 위장한 채 어느 날 밤에 찾아와 숨통을 끊어 준 덕분에 그녀는 겨우 안식을 얻을 수 있었다. 1940년 제2공화국과 교황청이 협약을 맺고 포르투갈 국민들에게서 이혼을 청원할 수 있는 권리를 영원히 박탈했기 때문에, 첫째 아내는 죽은 뒤에도 창업주의 유일한 배우자로서의 공식적 권리를 보호받았다.

창업주의 맏딸이 태어나고 같은 자궁에서 둘째 아들이 2년 뒤에 태어났다. 하지만 둘째 아내의 설명에 따르면, 맏딸이 태어나는 순간 그녀는 둘째 아들의 태동을 함께 느꼈다고 한다. 그래서 그녀는 두 살 터울의 딸과 아들을 마치 이란성 쌍둥이처럼 키웠다. — 비록 그녀는 제 몸에서 태어나지 않았다고 해서 맏아들을 차별하진 않았지만 쌍둥이처럼 자라는 동생들을 보면서 맏아들이 소외감을 느꼈을 수도 있겠다고 인정했다 — 하지만 맏딸은 둘째 아들에게서는 결코 찾아볼 수 없는 특징들을 너무 많이 지니고 있었다. 그녀는 제 어미를 꼭 닮아 호기심이 많고 쾌활하고 사교적이었으며, 책을 읽고 사색하는 일보다는 마을 여기저기를 기웃거리면서 이야기를 듣고 퍼뜨리는 걸 좋아했다. 노인들의 이야기를 너무 많이 들었던 탓인지 그녀의 몸과 언어와 윤리는 또래에 비해 지나치게 성숙해서 상대가 그녀의 나이를 추정할 수 없도록 만들었다. 게다가 그녀는 종종 제 어머니의 옷을 입고 산책을 나갔다가 그녀를 제 어머니로 혼동한 마을 남자들에게서 음탕한 농담을 듣곤 했는데, 모자를 눌러쓰고 속옷 안에 스펀지를 넣어 가슴과 엉덩이를 부풀린 채 외출한 날에는 일부러 걷는 속도를 늦추고 가슴과 엉덩이를 더욱 뇌쇄적으로 흔드느라 평소보다 더 오랜 시간 동안 산책을 했다. 그녀의 미래, 또는 마을 남자들의 연쇄적 몰락을 걱정한 노인들이 그녀의 부모를 찾아와 항의했지만, 하루 종일 둘째 아들과 실험실에 처박혀 지내던 창업주의 관심을 끌 수 있는 건 오직 격렬한 화학반응 끝에 시험 도구 바닥에 눌어붙은 물질뿐이었고, 그녀의 어머니는 자신의 운명을 증거 삼아 여자에게 중요한 것은 정숙함이 아니라 자신이 소유하고 싶은 것들을 언제든지 얻어 낼 수 있는 매력이라고 생각했기 때문에 딸의 평판 따위 대수롭지 않게 흘려들었다. 하루 종일 페인트 공장에서 이런저런 격무로 시달린 의붓어머니 — 창업주의 첫째 아내 — 는 노인들의 고리타분한 이야기를 듣느니 차라리 독주 한 잔을 마신 뒤 일찍 잠드는 편을 선택했다. 결국 맏딸은 자신이 타고난 운명과 마을 노인들의 저주에 따라 열일곱 살의 나이에 끝내 아버지가 누구인지 알려지지 않은 딸을 낳게 되었다. 그리고 그녀는 의붓어머니가 발명해 낸 기괴한 변명을 모방하여, 자신이 낳은 딸의 아버지는 자신의 아버지 — 창업주——에게 연금술을 가르쳐 주었던 남자라고 둘러댔다. 영원한 젊음을 유지시켜 주는 연금술 덕분에 그의 나이는 고작 스무 살 정도로밖에 보이지 않았으며 몸을 움직일 때마다 화려한 광채가 흘러나오고 말에선 향기로운 냄새가 함께 배어 나왔기 때문에 어떤 여자라도 그의 유혹을 거부할 수 없었을 것이라고 항변했다. 하지만 그녀에게서 태어난 딸의 갈색 피부와 곱슬머리와 긴 눈썹을 보고 단번에 그 아이의 아버지가 아랍인이었다는 사실을 눈치챈 마을 사람들은 창업주의 집과 공장으로 몰려와, 레콩키스타* 이후로 단 한 명의 아랍인도 출입시키지 않았던 그 마을의 자랑스러운 역사를 훼손한 이상 그녀와 그녀의 딸을 마을에 살도록 내버려 둘 수 없다며 시위를 벌였다. 창업주의 페인트 공장이 포르투의 번영에 미치는 막대한 영향을 간과할 수 없다는 마을 원로들의 중재에 따라, 창업주의 손녀는 마을에서 자랄 수 있도록 허락하되 그의 맏딸만큼은 다른 도시로 이주시키는 선에서 합의가 이루어졌다. 하지만 포르투를 떠난 직후부터 맏딸의 행방

---

* 국토회복운동(Reconquista). 이베리아 반도의 기독교도들은 711년부터 자신의 땅을 점령한 무슬림과 그들의 종교를 몰아내기 위해 저항했으며, 1249년 프랑스 왕족 출신의 아폰수 엔리케가 포르투갈을 카스티야로부터 독립시켰다. 반면 스페인의 무슬림들은 1492년이 되어서야 페르난도 왕에 의해 축출되었다.

은 끝내 알려지지 않았다.

둘째 아내는 거의 100살까지 살았다. 하지만 제 부모가 20 이스쿠두(Escudo)에 자신을 팔아넘긴 열 살 이후로 그녀는 죽기 전까지 창업주의 집안에만 머물렀기 때문에 — 두 차례의 세계대전을 피해 창업주의 가족들이 모두 흩어진 뒤에도 그녀는 홀로 집에 남아 평소와 다를 바 없이 집안의 허드렛일을 도맡아 처리했다 — 두 아이를 출산하던 순간을 제외하고 그녀의 삶은 열 살 이전과 이후로 나눌 수 있었으며, 열 살 이후부터 죽기 전까지의 삶은 그녀에겐 고작 하루 동안 지속된 일상과 별반 다르지 않았다. 그녀는 글을 읽거나 쓸 줄도 몰랐고 집 밖의 사람들과 말을 섞지도 않았으며 자신에게 원래 없었던 모든 것들 — 가족 간의 애정, 따뜻하고 맛있는 음식, 깨끗하고 화려한 의복, 부모로서 자식들에게 자신의 철학과 습관을 가르칠 권리, 부드러운 침대, 적절한 치료, 이국적 풍경 속으로의 여행, 소리 없는 울음을 들어 줄 친구들, 심지어 머리빗까지 — 은 자신이 살아 있는 동안 결코 가질 수 없는 것이라고 간주하고 탐내지 않았다. 그녀에게 삶은 그저 태어날 때 부모로부터 전달받은 성정을 유지하며 죽음과 맞서다가 끝내 실패하는 것뿐이라고 생각했다. 아이를 낳는 능력이나 남편의 일을 방해하지 않는 습관도 부모의 유산에 불과했다. 몸피와 숨소리가 작고 감각은 표범처럼 예민해서 주의 깊게 둘러보지 않는다면 집 안에서조차 그녀를 쉽게 발견할 수 없을 정도였다. 창업주가 사라진 지 반세기쯤 지난 뒤, 붉은 페인트의 제조 비밀을 알고 있다고 알려진 다섯 명의 원로들을 찾아내기 위해 회사의 직원들이 대거 포르투로 몰려와 창업주와 관련된 소문과 장소를 모조리 뒤지고 있을 때에도 그녀는 드러나지 않았다. 마땅한 먹이가 없는데도 살이 찌고 털에서 윤기가 흐르는 걸 수상하게 여긴 청소부가 길고양이들을 뒤쫓아 빈집으로 들어왔다가 벽장 안에 숨어 있는 그녀와 맞닥뜨렸다. 얼굴에 살점이 남아 있지 않아서 표정을 확인할 수는 없었으나, 잔뜩 웅크린 그녀는 마치 누군가를 기다리고 있는 것처럼 보였다. 청소부가 그녀 주변의 고양이들을 다급히 쫓아내고 그녀의 어깨를 흔들자 그녀는 한숨을 깊이 내쉬더니 청소부와 잠깐 눈을 마주친 다음 부스러져 내렸다고 한다. 무연고 처리를 하고 화장을 준비하다가 그녀의 주머니 속에서 반백 년 전에 발행된 20이스쿠두의 화폐가 발견되면서 그녀의 정체가 밝혀졌다. 어쩌면 그녀는 제 몸속에 남은 부모의 유산이 다 소진되기만을 기다렸던 것 같다. 100년이 하루처럼 흘러가고 바람칼이 그녀의 영혼을 갈기갈기 찢고 있을 때야 비로소 그녀는 자신이 20이스쿠두의 진짜 주인이 되었다는 사실에 안도했으리라. 하지만 정작 죽음은 그녀에게 아무런 감동도 일으키지 못했으니, 열 살 이후로 그녀는 단 하루만을 살았고 그다음 날부턴 자신에게 결코 찾아오지 않을 운명처럼 평온할 것이라고 굳게 믿었기 때문이다.

창업주와 관련하여 그 밖의 소문들은 전혀 확인되지 않았다. 신비로운 붉은 페인트에서 시작된 비극이 가계도를 따라 창업주와 가족 모두에게 맹독처럼 흘러들어 생존자를 남기지 않았기 때문이다. 하지만 붉은 페인트의 제조 비밀을 알고 있는 원로들이 다섯 명이라는 소문이 항간에 진실처럼 떠돌고 있는 한 — 그중 한 명으로 알려진 창업주의 손녀가 죽은 뒤에도 여전히 다섯 명의 숫자에는 변함이 없었다 — 창업주의 가계도에 대한 궁금증은 조금도 줄어들지 않았다. 가령 혼외정사를 통해 창업주의 첫째 아내에게 둘째 아들 — 창업주에겐 셋째 아들 — 의 씨를 뿌린 남자나, 창업주의 맏딸을 임신시켜 그에게 손녀를 안겨 준 남자나, 창업주의 둘째 아들과 동침한 손녀에게서 태어났을지도 모를 아이와 그 다섯 명의 원로들이 연관되었을 수도 있다. 아니면 창업주의 연금술사 스승이 불멸의 존재가 된 이후 그 다섯 명을 제자와 자식으로 삼고 비밀을 전수했을지도 모른다. 설령 회사가 100년을 채우지 못하고 소멸했더라도, 붉은 페인트의 명성이 소비자들에게 여전히 소구력을 발휘하고 있는 한, 그것의 제조 비밀을 알고 있는 소수가 여전히 존재하거나 존재할 가능성이 있는 한, 또한 많은 경쟁 업체들이 여전히 그 비밀을 얻어 내기 위해 막대한 자금과 인력을 투자하고 있는 한, 회사가 언제 어디에서든 다시 등장할 것이라는 전망은 결코 허황된 것만은 아니다. 게다가 회사를 이루고 있었던 다음과 같은 자산들이 거의 변하거나 망실되지 않았다. 개인, 프로세스, 역사, 브랜드, 경쟁자, 실적, 세금, 전략, 복리 후생, 지적재산, 시설.

「마태복음」 첫 장의 형식을 빌려 조직의 분화 과정을 설명하자면 다음과 같다. 회사의 최초에 생산팀이 있었다. 생산팀이 영업팀과 구매팀과 연구개발팀을 낳았다. 영업팀에서 전략팀과 AS팀이 태어났고, 전략팀에서 재무팀과 인사팀과 마케팅팀이 태어났으며, AS팀이 품질팀을 낳았다. 구매팀으로부터 자재팀이, 자재팀으로부터 생산관리팀이, 생산관리팀에서 정보기술팀이 태어났다. 연구개발팀에서 태어난 조직은 없었다. 마지막 태어난 조직이 EHS팀이었으며, 제2종 과오로 인해 EHS팀이 폐지된 뒤 조직은 시원(始原)을 향해 빠르게 융합되기 시작했다.

물론 조직의 이름은 사업의 실적에 따라 조금씩 바뀌었다. 사업이 번창할 때에는 주요 조직의 이름에 '전략'이나 '운영'

이라는 단어가 추가되었고, 각 조직의 장점만을 조합하여 한시적으로 운영된 조직들도 여럿 있었다. 영업전략팀, 구매전략팀, 생산운영팀, 인사전략팀, 품질운영팀, 선진기술개발 TF팀, 소비자만족 TF팀 등. 하지만 사업의 성장이 주춤해졌다는 진단이 내려지자 '혁신'이나 '관리'라는 단어가 선호되었으며, 각 조직의 단점을 개선하기 위하여 한시적인 조직들이 급히 구성되었다. 영업관리팀, 구매혁신팀, 전략혁신팀, 소비자관리팀, 인사관리팀, 노무관리팀, 설계원가절감 TF팀, 자재관리혁신 TF팀 등.

사업이 번창하자 인사전략팀은 다음과 같은 두 가지 메시지를 직원들 전체에게 배포하려다가 프로세스에 의해 거부당했다. 첫째, 조직은 점점 복잡해지고 시장 상황은 급변하고 있는데도 각 직원들의 질문과 답변이 순차적(Sequential)으로 처리되고 있기 때문에 정보 공유와 의사 결정 속도가 늦다. 더군다나 불필요한 문서들마저 기하급수적으로 늘어나서 저장 장치의 용량을 매년 두 배씩 늘리는데도 상황이 전혀 개선되지 않고 있다. 따라서 의사 결정이 긴급히 필요한 사항들에 한하여 병렬적(Parallel)으로 처리하고 각 직원들의 질문과 답변의 범위를 한정하며 검증 과정을 크게 줄일 필요가 있다. 영구적인 프로세스가 구현되기 전까지 임시방편으로, 각 조직에서 직원들을 차출하여 특별 조직을 구성하고 회사 전체의 결정 권한을 그들에게 일임하되, 그들이 하찮은 문서를 작성하느라 시간을 낭비하는 걸 방지하기 위해 사후 보고 체계를 예외적으로 허락한다. 둘째, 새로 만들어졌거나 변경된 조직 안에서 각 직원들의 역할과 책임이 모호하고 업무의 우선순위를 선정하는 기준이 일관되지 않기 때문에 시행착오가 여전히 줄어들지 않고 있다. 모든 직원들이 공평하게 성과 달성에 기여할 수 있는 기회 또한 부족하다. 이를 개선하기 위해 집중 근무 시간 제도를 실시하여 하루에 적어도 두 시간 동안만큼은 오직 각자의 핵심 업무들을 처리할 수 있도록 유도하며 회의나 통화, 외근, 개인적 용무 처리 등은 불허한다. 이 제도가 빠른 시일 안에 정착될 수 있도록 한시적으로나마 모든 직원들은 집중 근무 시간 동안 처리할 업무들의 계획과 실적을 매일 회사에 보고한다. 회사는 매주 한 차례씩 모든 직원들의 계획과 실적을 분석하여 기대에 부응한 직원들에게 보상하고 그렇지 못한 자들을 문책할 것이다.

　사업이 침체기에 접어들었다는 진단 아래 인사관리팀은 다음과 같이 조직 변경의 이유를 담은 메시지를 직원들 전체에게 배포하려 했으나 이 또한 거부되었다. 첫째, 원가와 품질, 납기를 최적의 수준으로 관리하여 수익성을 개선하는 활동을 즉시 시작해야 한다. 둘째, 지속적인 성장을 위해서 브랜드, 핵심 기술, 프로세스의 혁신이 요구되며 이를 추진할 조직이 필요하다. 셋째, 세계 경기 침체의 부정적인 영향을 최소화하기 위해 시장과 상품을 다양화해야 한다. 넷째, 사업이 평년 수준으로 회복될 경우를 대비하여 핵심 기술 개발과 원가 절감 프로젝트는 예정대로 진행되어야 한다. 다섯째, 현재의 조직을 수평적, 수직적으로 재분류하여 업무의 효율을 높여야 한다. 여섯째, 직원들의 동요와 이탈에 대비하여 경쟁 업체의 동향을 수시로 파악해야 한다.

회사가 직원들의 출퇴근 시간을 매일 확인해야 했던 전통적인 이유는 노동력을 효율적으로 관리하고 그들의 실적에 따라 차별화된 임금을 지급하기 위함이었다. 세계 곳곳에 조직을 흩어 놓은 뒤에도 회사는 여전히 모든 직원들에게 업무 시작 시간과 종료 시간을 시스템에 정확히 입력하라고 지시했는데, 재택근무 도중 자연재해나 사고를 당했을 경우, 보험사를 통해 정당한 보상금이 지급될 수 있도록 하기 위한 조치라고 EHS팀은 설명했다. 이 수상한 설명을 곧이곧대로 믿지 않았던 직원들도, EHS팀이 배포한 사고 사진과 경위 보고서를 직접 확인한 뒤에야 비로소 회사의 지침을 따르는 편이 자신에게 유리하다고 확신하게 되었다. 직원들의 호의적인 반응에 고무된 EHS팀이 추가로 배포한 안전 지침에 따르면, 모든 직원들은 매일 아침 업무를 시작하기에 앞서 스트레칭을 해야 하고 책상 주변을 사진으로 찍어 보내야 했으며, 소화기와 스프링클러, 완강기, 비상용 전화, 발전기 등이 정상적으로 작동하는지 확인해야 했다. 또한 부주의로 상처를 입힐 수 있는 문구와 생활용품들은 업무 중에 사용할 수 없고, 매 시간 10분씩의 휴식 없이 세 시간 연속 책상 앞에 앉아 있을 경우 시스템이 저절로 셧다운된다는 사실을 상기시켰으며, 비타민과 식물성 지방이 많이 함유된 음식을 하루에 한 끼 이상 챙겨 먹도록 권장했다. 그런데 회사가 사라진 지금까지도 여전히 의문으로 남은 건, 조직과 직원들에 대한 정보 수집이 엄격하게 금지되어 있는 회사에서 — 인사팀장조차 직원들의 정보를 수집할 권한을 지니지 못했으니, 이 또한 회사를 운영하는 주체가 직원들이 아니라 프로세스라는 주장을 뒷받침할 명백한 증거다 — EHS팀의 이런 지침이 어떻게 회사의 까다로운 논리회로를 무사히 통과하여 모든 직원들에게까지 배포될 수 있었을까 하는 것이다. 정보와 권력이 특정 조직에 집중될수록 직원들의 업무 환경이 악화된다고 주장했던 게 EHS팀이 아니었던가. 이 의문을 해결하려면 이런 가정을 상정하지 않을 수 없다. 회사의 거대한 데이터베이스에는 조직과 직원들의 정보가 거의 저장되어 있지 않지만, 그것들을 짐작할 수 있는 질문과 답변이 매 순간 드나든다. 이는 마치 생명 그 자체를 직접적으로 규정할 수 없지만 신체 여러 곳에서 나타나는 현상들을 종합하여 간접적으로나마 생사 여부를 판단할 수 있는 이치와 같다. 데이터베이스 안에서 적절한 질문과 답변을 골라내어 조합한다면 회사의 모든 직원들에게 한꺼번에 전달되는 질문과 답변을 만들 수도 있을 것이다. 게다가 회사의 거대한 데이터베이스가 조지 오웰이 빅 브라더*를 상상했던 1949년보다 훨씬 이전부터, 심지어 창업주의 첫째 아내가 포르투 시청에 회사의 정관과 직원 명부를 제출하던 순간보다도 훨씬 앞서 존재했다면, 신빙성은 훨씬 높아진다.

페인트의 품질을 지속적으로 관리하기 위해 신뢰성 평가 센터를 건설하려는 계획은 이미 수십 년 전에 수립되었으나 진행되거나 폐기되지도 않은 채 회사의 자산 목록 어딘가에 처박혀 있다가, 전략팀에 새로 합류한 어느 천재적인 직원에

---

* "빅 브라더가 존재합니까?"
"물론 존재하지. 당도 존재하고 말일세. 빅 브라더는 당의 화신이네."
"제가 이렇게 존재하듯 존재한다는 겁니까?"
"자네는 존재하지 않네, 윈스턴."
— 조지 오웰, 『1984』, 362쪽.

의해 부활했다.──그때까지 회사가 전 세계에서 운영하고 있는 사업장의 숫자와 위치, 생산 능력, 역사, 상품의 가격, 그리고 직원들의 숫자에 대한 정보 중 어느 것 하나 개략적으로나마 파악하고 있는 직원이나 조직은 없었다──그 직원은 전 세계에 흩어져 살고 있는 사람들을 무작위로 선정하여 회사의 페인트를 각각 주문하게 한 뒤 그것들이 배달되는 시간을 지역별로 확인했다. 그러고는 세계지도를 펼쳐 놓고 소요 시간에 따라 지름을 바꾸어 가면서 컴퍼스로 여러 개의 원을 그렸다. 원이 중첩되는 지역들의 자연환경과 경제 규모, 연령별 인구 분포, 산업 기반 시설, 다국적 운송 업체의 진출 현황, 통관 처리 규정 등을 일일이 확인한 끝에, 비록 위치를 정확히 짚어 내지는 못했지만, 최소한 세 개 이상의 사업장이 존재하지 않고서는 그 시간 안에 상품을 소비자에게 도저히 배송할 수 없다는 사실을 논리적으로 증명해 냈다. 그의 공리(公理)는 그 이후 전략팀이 처리하는 모든 업무의 준거가 되었다. 하지만 회사의 규정상 새로운 사업장을 같은 나라에 두 곳에 이상 세울 순 없었다. 그래서 전략팀은 세상의 모든 국가들──지도에 표시된 국가의 숫자와 유엔이나 세계은행이 사용하고 있는 국가의 숫자는 서로 다르다. 2004년 제작된 세계에서 가장 정밀하다는 세계지도 위에는 237개의 국가들이 표시되어 있지만, 같은 해 세계은행은 229개만이 국가로서 역할을 수행하고 있다고 유엔에 보고했다. 이는 국가에 대한 정의가 서로 다르기 때문이다 ― 을 후보지로 놓고 타당성을 세심하게 검토하지 않으면 안 되었다. 제2차세계대전이 끝나자 회사는 더 이상 전쟁이 사업을 방해하거나 지원할 수 없는 곳으로 사업장을 옮겼지만 ― 전쟁에서 전방과 후방의 개념이 사라진 건 제1차세계대전 이후였다 ― 전쟁이 일어날 가능성만으로도 판매 실적은 크게 늘어났기 때문에 ― 언제나 전쟁은 새로운 상품의 성능과 쓸모를 마음껏 검증하는 기회를 제공했다 ― 새로운 신뢰성 평가 센터의 설립 후보지에서 분쟁 지역들을 제외할 이유는 없었다.

실제로 구매팀은 국제적 협업을 통해 이익을 극대화하겠다는 목표를 세우고 세계 곳곳에 흩어져 있는 구매 담당 직원들의 보고 체계를 상하로 연결하려고 시도했다. 그들이 동원한 논리에는 시장의 성장 잠재력, 공격적인 전략을 선도했을 경우 예상되는 수익, 그렇지 않을 경우의 손실 비용, 다국적기업의 성공과 실패의 사례 등이 반영되어 있었다. 새로운 사무실을 선택하면서, 업무에 필요한 시설들을 구입하면서, 업무를 부여하고 자리를 배치하면서, 원료 공급 계약을 갱신하면서, 직원들을 이주시키면서, 새로운 직원을 채용하면서, 나이 든 직원에게 퇴직금을 지불하면서, 윤리 강령과 중요 용어를 교육하면서, 그리고 성과와 관계없이 월급과 보너스를 준비하면서, 모든 비용을 계산한 뒤, 그 정도의 지출은 향후 예상되는 수익과 비교하여 무시할 만하다는 결론을 강조했다. 하지만 이런 시도는 회사의 논리회로를 번번이 통과하지 못했는데 그때마다 구매팀 직원들은 좀 더 정확한 숫자들로 문서를 수정했다. 처음엔 1만 달러 이하의 금액은 반올림하여 표시했다가 나중엔 소수 둘째 자리까지 기록했고, 일일 평균, 일주일 평균, 한 달 평균, 최근 3개월 평균, 1년 평균, 1년 중 최고와 최저 환율까지 각각 적용한 문서를 여럿 만들어 동시에 접수시킨 탓에 프로세스의 처리 속도가 자연히 느려질 수밖에 없을 것이라고, 그들은 서로의 인내심을 독려했다.

회사의 보안 규정을 가장 자주 어길 뿐만 아니라 이로 인해 회사에 가장 부정적인 영향을 끼칠 수 있는 조직은 정보기술팀이었다. 그도 그럴 것이 프로세스를 개선하고 관리하려면 조직과 직원에 대한 여러 가지 정보들을 확인하지 않을 수 없었고, 부득이 그것들은 어딘가에 저장되기 마련이었다. 그래서 생산관리팀이 최초에 정보기술팀의 신설을 제안했을 때 창업주는 오랫동안 고민했다. 정보기술팀은 회사의 프로세스에 내재되어 있던 논리적 오류 덕분에 신설되었다. 하지만 아이러니컬하게도 정보기술팀이 가장 먼저 시작한 업무는 잠재적 논리 오류를 찾아내어 제거하는 것이었다. 성마른 정보기술팀 직원들이 회사의 현황에 대한 정확한 이해도 없이 새로운 알고리즘을 회사의 프로세스에 적용하려고 했다가, 간질 발작과도 같은 사달을 일으켜 일주일 동안 전체 직원들이 단 하나의 질문도 받지 못한 적이 있었다. ─ 질문이 없는 한 대답은 없다. 반면 대답이 없어도 질문은 가능하다 ─ 발작 요소들을 급히 걷어 내고 더욱 견고한 방화벽을 두른 뒤에야 비로소 회사의 프로세스는 다시 정상적으로 작동하기 시작했다. 하지만 메두사의 방패처럼 너무 견고한 방화벽을 세우는 바람에 정보기술팀조차 뛰어넘을 수가 없었다. 생산 효율을 높이고 자재와 상품의 관리 방법을 획기적으로 개선해 줄 것이라던 기대와는 달리 정보기술팀 직원들이 매일 하는 일이라곤, 자신들에게 도움을 요청한 직원들의 컴퓨터에 원격으로 접속하여 간단한 문제를 해결해 주는 것이 고작이었다. 그들이 자주 건네는 충고는 이러했다. "시스템을 작동시키기 위해선 전원을 켜시는 게 가장 중요합니다.""뜨거운 커피 잔을 회사의 귀중한 자산 위에 올려놓지 마세요.""집 밖으로 나가서 마을 전체가 정전인지 확인하세요.""화면에는 버튼이 두 개 있습니다. 다른 하나의 용도를 기억하세요.""목욕 중엔 시스템을 작동시키지 마세요.""파리가 당신의 업무에 참견하는 동안엔 콧노래라도 흥얼거리세요."

직원들이 만들어 내는 질문과 답변에는 자신이 속한 조직의 전형적인 특징이 한두 가지씩 반영되어 있다. 생산팀은 대부분의 문장을 아라비아숫자와 함께 시작하고 짧은 문장을 주로 사용하되, 주어와 마침표를 빠뜨리는 일은 있어도 목적어를 빠뜨린 적은 거의 없었다. 영업팀이 작성한 문서를 이해하려면 세계사 및 지정학적 지식이 필요한데, 영업팀은 수십 년, 또는 수백 킬로미터의 간극 따윈 쉽게 무시하는 성향이 있다. 전쟁이나 자연재해, 무역협정의 결과가 시장에 미칠 영향을 비관적으로 분석하는 반면, 최근의 문화 현상을 지나치게 논리적으로 해석하여 엉뚱한 전망을 내놓기도 한다. 구매팀의 문서에는 늘 '예를 들면'이란 단어가 포함되어 있다. 연구개발팀이 작성한 문서의 두 가지 특징 중, 그러니까 이 두 가지 특징을 발견해 낸다면 그것이 연구개발팀에서 작성된 것이라고 판단해도 무방한데, 하나는 세상의 모든 현상을 결정론적 세계관에 입각하여 설명하려는 성향 때문에 복잡한 계산에 앞서 수많은 변수들을 과감하게 생략한다는 것이다. 즉 나비의 날갯짓이 태평양 건너편에서 태풍을 일으킬 수 있는 가능성은 거의 반영되어 있지 않다. 또 다른 특징은, 그들이 제시하는 방안의 대부분이 아직 태어나지도 않은 소비자들의 기호에 집중되어 있다는 것이다. 제안을 실용화하기까지 소요되는 투자 비용과 우선순위에 대한 세밀한 분석이 뒤따라야 하나 그들은 지나치게 합목적적인 상황만을 강조하고 역사가들에 의해 선구자로 불리길 갈망한다. 전략팀의 모든 문서에는 경쟁 업체들에 대한 정보가 포함되어 있기 때문에, 그 조직이 어쩌면 경쟁 업체에 소속되어 있을지도 모른다는 착각을 일으킨다. 공개된 통로를 통해서는 결코 수집할 수 없는 비밀들을 얻어 내기 위해 위법 행위를 저지르고 있는 건 아닌지 문서를 읽는 자를 걱정하게 만든다. 반면 AS팀은 소비자의 요구 사항을 자의적으로 해석하여 여러 조직들을 종종 혼란에 빠뜨린다. 그들은 현실이야말로 부정할 수 없는 진실이라고 믿기 때문에 결과를 원인으로 뒤바꾸고도 뻔뻔하게 대처한다. 자재팀의 문서에는 날짜가 항상 기록되어 있으며 재료를 쌓아 두고 관리하는 조직답게 그들은 문자 — 숫자를 포함하여 — 의 크기와 서체를 일관되게 유지하는 데 신경을 많이 쏟는다. 문장에서도 동사의 사용을 극히 제한한다. 품질팀에겐 품질 지표의 변동 추이를 관리하는 업무가 가장 중요하기 때문에 항상 시간의 경과에 대한 인식이 반영되어 있는 한편, 미래는 개선되어야 할 대상으로 상정된다. 또한 그들이 만들어 내는 서류는 마치 검사가 판사에게 제출하는 기소장과도 같아서 정상에서 벗어났다는 혐의를 받고 있는 조직에 대한 성토가 이어진다. 마케팅팀의 질문과 답변에는 무의식이 두뇌의 물리적 활동에 지배받는다는 연구 결과에 작성된다. 개인의 무의식에 천착한 프로이트보다는 집단의 무의식을 연구한 카를 융을 선호한다. 재무팀의 문서에서는 결코 숫자의 오류가 발견된 적이 없다. 그러니까 만약 어떤 답변 속에서 숫자의 오류가 발견되었다면 그것을 작성했을 직원이 재무팀에 소속되어 있을 가능성부터 제거해야 한다. 하지만 재무팀은 너무 높은 단위의 숫자를 반올림하여 사용하기 때문에 늘 허공에서 지상을 내려다보고 있다는 착각에 빠져들게 한다. 인사팀의 문서에는 전략팀과 재무팀의 문서가 항상 인용된다. 인사팀 직원들은 하나같이 혼성 모방과 단장취의(斷章取義)의 달인들이다. 반면 인사팀 고유의 의견은 거의 기재되어 있지 않기 때문에 전략팀이나 재무팀의 문서와 구별하는 건 결코 쉽지 않다. 정보기술팀의 문서는 다른 어느 조직의 문서보다 짧다. 왜냐하면 그들은 항상 자신들의 의견을 다음 단계로 진행시키거나 전 단계로 되돌릴 수 있는 최적의 알고리즘을 설계한 뒤에야 비로소 서류를 작성하기 때문이다. 문서에 도돌이표나 페르마타(Fermata)* 등의 음표와 함께 화살표가 등장하기도 한다.

---

* 정체, 정지라는 뜻. 음표나 쉼표 위에 그려져 있으면 평소보다 길게 늘여서 연주하라는 뜻에서 늘임표라고 번역되지만, D.C.(Da Capo)나 D.S.(Dal Segno)와 함께 사용되면 그 기호 위에서 연주를 멈춰야 하므로 마침표로 번역되어야 옳다.

조직 중에서 가장 먼저 EHS팀이 회사에서 사라졌는데도 회사는 아무런 영향을 받지 않았다. 그도 그럴 것이 모든 직원들은 회사의 엄격한 안전 조항과 최고 수준의 복지 혜택을 마치 공기와 태양처럼 당연한 것으로 받아들였기 때문에 EHS팀의 존재를 잊어 갔다. 회사는 환경보호와 사회 공헌 사업에 천문학적 금액을 무기명으로 기부하면서도 정작 공개적인 활동은 일체 하지 않음으로써 EHS팀의 역할을 스스로 거세했다. EHS팀이 폐지되고 남은 업무는 어떤 조직으로도 이관되지 않았다. 어느 날 갑자기 정보기술팀이 사라졌는데도 회사는 아무런 영향을 받지 않았다. 그도 그럴 것이 회사의 프로세스는 이미 스스로 진단하고 오류를 개선할 수 있는 수준까지 발전해 있었고 빅뱅 이후의 세계처럼 어느 누구도 그것의 전개를 예측하거나 관리할 수도 없었기 때문에 굳이 정보기술팀을 유지시켜야 할 당위는 없었다. 정보기술팀이 폐지된 뒤에 남은 업무는 생산관리팀으로 이관되었다. 어느 날 갑자기 마케팅팀이 사라졌는데도 회사는 아무런 영향을 받지 않았다. 그도 그럴 것이 회사는 반세기 동안 새로운 상품을 개발하여 시장에 출시하지 않았는데도 소비자들의 숫자는 매년 꾸준히 늘어 갔다. 게다가 저개발 국가들이 시장주의자를 대통령으로 선출하고 다국적 자본을 유치하기 위해 결코 거래할 수 없는 상품까지 미끼로 내거는 한편, 전쟁까지 불사하면서 경쟁자를 제거하고 있기 때문에 회사는 굳이 새로운 소비자를 찾아내고 그들을 현혹시키는 데 시간과 비용을 소비할 필요가 없었다. 마케팅팀이 폐지되고 남은 업무는 전략팀으로 이관되었다. 어느 날 갑자기 품질팀이 사라졌는데도 회사는 아무런 영향을 받지 않았는데, 그도 그럴 것이 원료의 품질을 의심할 사건이 반세기 동안 거의 일어나지 않았고, 소비자에게 전달되기 직전에 완성되는 상품은 용도와 장소에 맞게 스스로 물성을 바꾸어 완벽하게 적응했기 때문에, 품질 지표의 변동 추이는 수년 동안 아무런 메시지도 내포하지 못했다. 운 좋게 미세한 변화라도 발견될라치면 품질팀 직원들은 흥분하여 원인을 분석하고 대응 방안을 도출하는 데 진력을 다했으나, 그들이 보고서를 완성하기도 전에 감쪽같이 사라져 버리기 일쑤였다. 품질팀이 폐지되고 남은 업무는 AS팀으로 이관되었다. 어느 날 갑자기 재무팀이 사라졌는데도 회사는 아무런 영향을 받지 않았다. 그도 그럴 것이 사업을 유지하는 데 필요하지 않은 이익을 자산으로 보유할 수 없는 규정에 따라, 회사는 세계를 거대한 전산망으로 연결한 뒤 고객들의 예금으로 지하자원, 곡물, 귀금속, 주식, 채권, 무기, 부동산, 미술품, 심지어 희귀 동물과 전쟁 포로에까지 투자하여 막대한 수익을 얻고 있는 거대 금융업체와는 일체의 거래를 하지 않은 채, 전 세계에 분산되어 있는 지하 금고에 현금을 보관했다가 지불하고 있었다. 그래도 예전엔 금전 출납부를 작성했으나, 연산장치가 도입된 뒤로 이 업무마저 사라졌다. 그래서 재무팀이 폐지되고 남은 업무는 전략팀으로 이관되었다. 어느 날 인사팀이 회사에서 사라졌건만 아무도 알아차리지 못했다. 그도 그럴 것이 회사는 국경과 인종과 언어와 종교와 역사의 구애를 없앴고, 보고 체계도 조직과 직위에 한정시키지 않았으며, 월급과 보너스는 사업 전체의 성과와 관계없이 균등하게 지불했기 때문에, 게다가 의학의 발달과 뛰어난 복지 혜택 덕분에 회사를 그만두거나 새로 입사하는 직원이 거의 없었기 때문에, 인사팀이 고작 하는 일이라곤 자신의 질문과 답변이 얼마 만에 자신에게 되돌아오는지 시간을 재는 일밖에 없었다. 인사팀이 폐지되고 남은 업무는 전략팀으로 이관되었다. 어느 날 갑자기 AS팀이 회사에서 사라졌건만 아무도 알아차리지 못했다. 그도 그럴 것이 품질팀을 사라지게 만든 이유는 AS팀마저 사라지게 만들 수 있기 때문이다. 스스로 진화하는 상품의 품질에 대해 회사나 소비자가 가감할 수 있는 불만은 거의 존재하지 않았다. 그래서 AS팀이 폐지되고 남은 업무는 영업팀으로 이관되었다. 어느 날 생산관리팀이 회사에서 사라졌건만 아무도 알아차리지 못했다. 그도 그럴 것이 생산계획을 수립하고 각 생산단계별로 진도와 문제점을 파악하는 업무는 프로세스에 의해 자동으로 처리되고 있었기 때문에, 생산 설비들이 모래성처럼 갑자기 무너져 내리지 않는 한, 벌레나 동물들이 침입하여 원료를 하룻밤 사이에 모조리 먹어 치우지 않는 한, 치사율이 70퍼센트가 넘는 전염병이 직원들을 동시에 쓰러뜨리지 않는 한, 그리하여 프로세스를 작동시키는 질문과 답변이 멈추지 않는 한, 생산관리팀 직원들이 하루 종일 하는 일이라곤 출근 시간에 맞춰 책상 앞의 모니터를 켜고 퇴근에 앞서 모니터를 끄는 것뿐이었다. 반세기 동안 예외적인 사건은 단 한 번도 일어나지 않았다. 그래서 생산관리팀이 폐지되고 남은 업무는 자재팀에 이관되었다. 어느 날 자재팀이 회사에서 사라졌건만 아무도 알아차리지 못했다. 그도 그럴 것이 안전 재고를 소진하는 즉시 적정 수량의 자재가 자동으로 발주되었는데, 임금 상승과 규제 강화에도 불구하고 공급 업체들은 반세기 동안 단 한 번도 납기 일자나 납품 수량, 품질 항목에서 회사를 실망시킨 적이 없었다. 자재팀이 폐지되고 남은 업무는 구매팀으로 이관되었다. 어느 날 전략팀이 회사에서 사라졌건만 아무도 알아차리지 못했다. 그도 그럴 것이 자유로운 경쟁이 일어나고 있는 전 세계의 시장에서 회사를 능가하거나 능가할 잠재력을 지닌 경쟁자가 반세기 동안 나타나지 않았고, 회사 역시 반세기 전에 설정해 놓은 최대 생산 능력과 효율을 그대로 유지했기 때문에, 미래를 예측하는 일은 과거를 복기하는 일과 별반 다르지 않았다. 그래서 전략팀이 폐지되고 남은 업무는 영업팀으로 이관되었다. 어느 날 영업팀이 회사에서 사라졌는데도 아무도 놀라지 않았다. 그도 그럴 것이 영업팀은 상품 대신 브랜드만을 소비자들에게 직접 팔고 있었고 소비자들은 세상에 존재하는 모든 페인트를 하나의 브랜드로만 인식하고 있었기 때문에, 영업팀의 공헌은 마치 한두 바가지의 물을 우물 안에 부어 넣는 것처럼 거의 감지되지 않았다. 회사가 파멸된 이후로도 브랜드는 살아남아 시장에서 여전히 최고의 권력을 행사할 것이라는 데 부정하는 직원은 없었다. 그들이 하루 종일 하는 일이라곤 세계지도를 들여다보면서 소비자가 아직 존재하지 않을 법한 세계를 상상하는 게 전부였다. 그래서 영업팀이 폐지되고 남은 업무는 생산팀으로 이관되었다. 어느 날 구매팀이 회사에서 사라졌는데도 아무도 놀라지 않았다. 그도 그럴 것이 회사는 재료 공급 업체들에 독점적 지위를 허락하고 스스로 가격과 물량을 결정할 수 있도록 프로세스까지 조정해 주었는데, 경쟁의 미덕에만 익숙해 있는 사람들의 예상과는 전혀 달리, 업체들은 안정적인 사업 환경에서 더욱 엄격한 품질 기준과 윤리 규정을 자발적으로 적용했을 뿐만 아니라 부단히 생산 방법을 개선한 덕분에 원가를 줄이고 임금을 인상할 수 있었다. 그래서 최초의 계약서는 반세기 동안 유효했는데, 구매팀 직원들은 자신이 과거에 저지른 치명적 실수 때문에 이런 상황이 이어지는 것으로 간주하고 이를 숨기기 위해서라도 태업으로 일관했다. 구매팀이 폐지되고 남은 업무는 생산팀으로 이관되었다. 어느 날 연구개발팀이 회사에서 사라졌는데도 아무도 놀라지 않았다. 그도 그럴 것이 페인트의 명성은 회사 직원들의 노력을 통해 만들어진 게 아니라 회사 설립 이전부터 존재하고 있었기 때문에 연구개발팀 직원들은 그걸 뛰어넘기는커녕 현재의 수준으로 지켜 낼 자신조차 없었다. 게다가 여태껏 축적한 경험과 지식을 정리하고 이론을 추출하는 업무만으로도 그들은 충분히 바빴다. 한 가지 새로운 이론은 열 가지 기존의 이론을 폐기시켰으므로 회사의 지적재산은 갈수록 줄어들었다. 연구개발팀이 폐지되고 남은 업무는 생산팀에 이관되었다. 결국 회사엔 생산팀만 최후까지 남게 되었다가 이마저도 곧 사라졌건만 소비자들은 이를 전혀 눈치채지 못했다. 그도 그럴 것이 아직 태어나지 않은 소비자들까지 만족시킬 만큼 엄청난 분량의 상품이 세계 각국의 창고마다 그득하게 쌓여 있는 데다가, 경쟁 업체들이 자신들의 상품을 회사의 그것과 혼동시키는 마케팅 전략으로 판매량을 조금씩 늘려 가고 있었다. 하지만 예상보다도 훨씬 빨리 창업주와 회사의 유산을 소진해 버리고 말았고 그 결과 전 세계에서 원인과 결과를 짐작할 수 없을 만큼 거대한 규모의 기업

파산과 대공황과 전쟁이 연쇄적으로 일어났다.

　지루한 논쟁을 반복한 끝에, 하나의 겨자씨가 폭발하여 현생 우주가 찰나에 완성되었다는 이론은 진실로 받아들여졌으나, 우주의 죽음에 대한 논쟁은 여전히 하나의 결론에 수렴하지 못하고 있다. 죽음을 상정하지 않고선 탄생의 공리를 논리적으로 설명할 수 없다는 사실을 잘 알고 있으면서도 대부분의 과학자들은 마치 불사의 신을 발명해 냈던 고대 그리스인들처럼 여전히 무한히 열린 우주에 대한 낙관론을 펼친다. 논리적 모순을 해결하기 위해 아인슈타인이 고안했다가 스스로 폐기한 암흑 물질(Dark matter)* 이론까지 복원시켰다. 하지만 우주가 어느 임계점에 이르러 팽창을 멈추고 수축하다가 끝내 겨자씨 속에 갇히게 될 것이라는 비관론 역시 세력을 늘려 가고 있다. 탄생에 앞서 폭발이 있었듯이 죽음 앞에도 폭발은 있을 텐데, 폭발의 원리는 사뭇 다르다. 즉 우주는 분열하는 폭발로 태어났다가 융합하는 폭발로 죽을 것이다. 원자폭탄과 수소폭탄의 폭발 원리가 정반대라는 사실로부터 이런 추론은 얼마든지 가능하다. 그리고 수소폭탄의 파괴력이

---

* 아무것도 존재하지 않는 절대 무위(無爲)의 상태조차 에너지로 채워져 있고 그 에너지를 계산하기 위해선 물질과 에너지의 변환 공식을 사용해야 하는데, 물질의 존재를 가정하지 않고선 에너지를 계산할 수 없다.

원자폭탄의 그것보다 수십 배 더 크다는 사실로부터 죽음의 상실감이 탄생의 경외감보다 더 명징하리라는 추측도 가능하다. 현생 우주에 갇혀 있는 인간이라면 모름지기 이런 원리와 과정에 익숙해질 수밖에 없다. 그래서 회사의 죽음 앞에 융합하는 폭발이 일어났을 때에도 직원들은 크게 동요하지 않았다. 그들이 하나의 조직 속에서 서로 중첩되거나 모순된 역할들을 수행하고 있는데도 프로세스는 그저 관성에 따라 질문과 답변을 처리했다. 그 결과 곳곳에서 불꽃이 튀었고 직원들이 너무 가깝게 배치되어 있던 탓에 분파적인 적대감이 순식간에 사방으로 번졌다. 뇌관 주위의 온도가 임계점에 이르자 폭발의 속도와 범위는 걷잡을 수 없었다. 만약 회사가 늦게라도 모든 직원들의 최소 역할과 그것을 연결하는 간단한 프로세스만을 규정한 뒤 이전 세대의 유산들과 단호하게 절연했더라면, 직원들은 절체절명의 위기를 유연하게 대처했을 것이고, 죽음에 이르는 폭발을 한 세대 뒤로 미룰 수도 있었을 것이다.

1년 반 동안 연체된 전기료를 받아 내기 위해 러시아의 전력 회사가 1년 반 동안의 행정소송 끝에 합법적으로 단전을 실시하기 전까지 회사의 프로세스는 회사의 소멸 뒤에도 여전히 살아남아서 직원들의 질문과 답변을 실어 날랐다. 이때

비로소 회사의 위치, 정확히 말하면 회사의 프로세스를 운영하던 메인 서버의 위치가 세상에 알려졌다. 프로세스는 세계 각국에 흩어져 있는 조직과 직원들을 시차에 구애받지 않고 스물네 시간 내내 깨워 놓고 있었기 때문에 이 사실을 상기시키기 위해서라도 본초자오선이나 날짜변경선이 지나가는 곳에 서버가 설치되어 있을 것이라는 추측이 그 이전까지는 지배적이었다. 하지만 중앙 시베리아 남부의 이르쿠츠크(Irkutsk)에서 그것이 발견되자, 그곳의 춥고 건조한 날씨가 직원들이 체온을 유지하는 데에는 불리한 대신 온도에 예민한 기계장치의 성능을 유지하는 데에는 유리하다는 사실을 들어, 회사의 실제 주인은 창업주나 그의 가족들이 아니고, 붉은 페인트의 제조 비밀을 알고 있다고 알려진 다섯 명의 원로들도 아니고, 이사회 상임 고문들이나 직원들이나 소비자들도 아니며, 오로지 프로세스였다는 사실을 인정하지 않을 수 없었다. 프로세스가 멈추자 세계 곳곳의 지하 금고 안에 보관하고 있던 회사 운영자금이 즉시 고갈되었다는 사실도 이를 반증했다. 회사가 세워진 이래로 100년 동안 직원들의 월급이나 재료 공급 업체의 대금을 체납하는 경우가 단 한 차례도 없었고, 회사보다 더 뛰어난 복지 혜택을 제공하는 경쟁자가 여전히 세상에 존재하지 않는 이상, 게다가 신비로운 붉은 페인트의 비밀을 알아내기 위해 회사가 막대한 자금과 인력을 쏟아붓고 있는 현실까지 고려한다면, 월급이 정해진 날보다 며칠쯤 늦게 지급된다고 해서 걱정할 필요는 없었다. 오히려 그 사실은 회사가 당면한 위기의 심각성을 적나라하게 드러내어 직원들의 헌신을 더욱 자극했다. 물론 예민한 직원들은 자신에게 할당되는 질문과 답변이 점점 모호해지고 처리 속도 또한 늦어지고 있다는 사실을 감지했다. 그래서 일부러 대답이나 질문을 빠뜨렸는데도 아무런 경고 메시지가 되돌아오지 않자 슬그머니 도망칠 방법을 궁리하기 시작했다. 러시아 전력 회사가 전기 공급을 멈췄을 땐 이미 10퍼센트 정도의 직원들이 회사에 알리지 않은 채 업무를 중단한 뒤였으나 ─ 이들은 회사가 완전히 소멸 이후에 이탈했으므로, 반세기 동안 회사가 해고한 직원의 숫자가 고작 스무 명 남짓에 이른다는 사실은 여전히 유효하다 ─ 나머지 직원들은 그들의 부재를 감지하지 못한 채 무덤 속에서도 거짓 희망과 안온한 습관으로 버둥거렸으니 그 프로세스를 설계한 자들의 위대한 인류애에 다시금 찬사를 보내지 않을 수 없다. 수년 동안 월급을 받지 못하자 졸지에 실업자의 처지로 내던져진 직원들은 동료들과 연대하지 못한 채 개별적으로 회사의 책임자를 추적하느라 헛힘을 써야 했다. 금과옥조와도 같은 윤리 강령을 어기고 자신의 딱한 사정을 언론에 공개한 직원의 용기 덕분에 세계 곳곳에 흩어져 있던 직원들이 비로소 현실을 깨닫게 되었으나, 마치 전 세계에 흩어져 있는 집시나 유대인처럼, 서로의 언어와 역할과 목적이 너무나도 달랐기 때문에, 연대를 위한 조직을 갖추고 행동 방침을 세우는 데만도 수년이 소모되었다. 비용을 갹출하여 간신히 항의 방문단까지 꾸렸으나, 유감스럽게도 그들이 방문한 곳들은 회사와 아무런 관련이 없었다. 예를 들어, 자신이 만든 염료로 천을 염색한다고 믿고 있던 루마니아 창고의 직원들은 루마니아의 직물 협회를 찾아가 항의했고, 중국에서 철제 드럼통을 만들던 직원들은 중국 최대의 화학 공장 안으로 야생 들소처럼 몰려 들어가 회사와 연관된 증거를 찾았으며, 나이지리아 공장의 직원들은 식물성 유기용제를 불법적으로 팔고 있다고 의심되는 주유소를 돌아다니며 설비를 파손하고 손님들을 쫓아냈다. 공권력에 강제로 해산당한 뒤에도 직원들의 저항은 계속되었다. 하지만 직원들 스스로 회사의 존재를 입증하지 못하는 이상 정부가 그들에게 실업 급여를 지불할 법적 근거는 없었다. 피해자의 숫자가 무시할 수 없을 정도로 늘어나 사회문제로까지 발전하자, 각국의 정치인들은 특별 구제를 선거공약으로 내걸었다.

회사는 자신이 생산하고 판매하는 상품에 의해, 또는 고용하고 있는 직원들의 삶을 통해 사회와 역사에 중대한 영향을 끼친다. 어떤 회사의 위대한 발명품 덕분에 인류는 오래된 위험으로부터 생명을 지켜 낼 수 있게 되었고 사회적 약자들의 권리를 되찾아 줄 수도 있었으며, 부당한 권력을 무너뜨리고 혁명에 성공했다. 반면 어떤 회사의 베스트셀러에는 복잡하고도 불필요한 기능들이 탑재되어 인간을 무기력하거나 나태하게 만들었다. 설령 상품의 성능이나 품질이 변변치 못하여 소비자에게 주목받지 못하더라도 그 회사에 고용된 직원들이 월급을 받아 자신의 삶과 가정을 안정적으로 유지한다면, 직원 또는 그들의 가족 중 누군가는 자신들의 능력과 열정을 십분 발휘하여, 위대한 발명품이 공헌했던 바와 똑같이, 인류를 오래된 위험으로부터 지켜 내거나 사회적 약자들의 권리를 되찾아 주고 혁명을 지원하며, 무기력과 나태를 걷어 낼 방법을 고안해 낼 수도 있다. 그러니 세탁기와 컴퓨터나 인공위성처럼 첨단 기술이 집약된 발명품이나, 고무줄과 나무 젓가락과 비누 같은 일상 용품들의 가치가 결코 다르지 않고, 그것들을 각자 만들어 내고 판매하는 직원들의 삶에 귀천과 미추의 구별이 있을 수 없다. 하지만 이 무한 회사(Unlimited company)처럼 상품과 직원 모두를 통해 전 세계의 사회와 역사에 지대한 영향을 미친 일례는 일찍이 없었다. 비록 연금술사 스승이 창업주에게 단 한 차례 만들어 주었던 신비로운 붉은 페인트를 끝내 재현하지 못한 채 회사는 소멸했지만, 경쟁 업체들이 앞으로도 20년은 족히 노력해야 겨우 따라잡을 수 있을 만큼 뛰어난 상품 덕분에 인류의 현재는 확연히 개선되었다. 그것의 탁월한 방수 능력과 내열성과 절연성은 세계 각국에 흩어져 있는 난민들의 허술한 임시 거처를 폭우와 폭염과 폭격으로부터 지켜 주었다. 페인트가 기계장치들과 운송 수단의 내구성을 획기적으로 향상시킨 결과, 저개발 국가들은 선진국으로부터 수입해 온 값싼 중고 장비들을 활용하여 사회 간접 시설을 구축하고 공장과 학교를 세울 수 있게 되었다. 피부에 닿아도 아무런 부작용을 일으키지 않는 특성을 활용하여 의류 회사들은 수질을 오염시키던 기존의 염색 방법 대신 페인트를 직접 옷에 살포했다. 옷 밖으로 드러나는 피부 전체에 ― 머리카락과 수염, 눈썹과 손톱까지 포함하여 ― 아예 페인트를 칠한 뒤 외출하는 사람들이 늘어나면서 피부색에 따른 차별은 완전히 사라졌다. 식민 상태에서 벗어나 독립국가를 건설하자는 기치를 내걸고 등장한 무장 혁명 단체의 정당성을 열강의 고성능 미사일로부터 보호해 준 페인트야말로 신의 가호와 다를 바 없었다. 세간을 오랫동안 청결하게 유지시켜 주는 페인트 덕분에 가사 노동시간이 크게 줄면서 공적인 생산 활동에 적극 참여하게 된 여자와 노인은 남편의 부당한 요구나 자식의 잔혹한 학대를 더 이상 참아 내지 않았을 뿐만 아니라 같은 처지의 이웃들에게 도움의 손길을 기꺼이 내밀었다. 각 국가의 중산층으로까지 성장한 직원들은 자신들이 누리고 있는 혜택의 일부를 사회에 환원하는 방법을 찾다가 사회운동가로 변신하기도 했다. 그들에게 미래는 필사적으로 뒤쫓아 가서 붙들어야 할 사냥감이 아니라 주위를 맴돌면서 세심하게 돌봐야 할 관상식물로 인식되었다. 어떠한 과거도 완전히 사라지지 않도록 기록해 두어야 한다는 사명감도 지니고 있었다. 그러니 회사의 갑작스러운 소멸이 사회와 역사에 끼친 부정적인 영향을 굳이 나열해서 무엇 할까. 악행의 이력을 면밀하게 조사하여 회사에 엄중한 책임을 묻겠다고 공언한 정치가들은 하나같이 낙선의 고배를 마셨다. 한 세기를 대표하는 영화감독이 10여 년 동안 전 세계 수백여 명의 회사 직원들과 인터뷰하여 완성한 다큐멘터리는, 그의 작업실이 원인을 알 수 없는 화재로 전소되면서 끝내 개봉할 수 없었다.

하나의 거대한 유기체인 회사 역시 세계 곳곳에 배치된 직원들을 통해 유입된 막대한 정보에 영향받지 않을 수 없었으며, 변증법적으로 수렴된 것들은 프로세스를 끊임없이 수정했다. 그렇게 100여 년 동안 이어진 회사의 역사는 지역과 인종과 종교와 언어의 경계를 뛰어넘어, 어느 누구의 것도 아니지만 그렇다고 모두의 것도 아닌, 상투적으로 표현하자면 바

벨탑 이전에 발간된 역사책에나 담길 만한 것이 되었다. 거기에는 포르투갈 제1공화국이 지속되던 16년 동안 부침을 거듭한 여덟 명의 대통령과 서른여덟 명의 총리들의 약력뿐만 아니라, 1927년 벨기에 브뤼셀의 솔베이 학회에서 스물아홉 명의 물리학자들이 물질의 구조와 우주의 기원에 관련하여 나눈 이야기들, 유고슬라비아의 파르티잔에게 동조했다는 이유로 나치에게 1941년 살해된 민간인 2100명의 절규, 일과를 마치고 로스앤젤레스의 작은 무대에 자발적으로 모여든 재즈의 연주자들이 1945년 봄부터 폭풍처럼 쏟아 내던 멜로디와 리듬과 화성, 1959년 수염투성이의 혁명가들이 아바나로 무혈입성하면서 허공에다 멋들어지게 뿜어 댄 시가 연기, 1967년 세 명의 미국 우주인들이 달의 표면에 남긴 발자국, 소니의 워크맨이 청년들에 1979년부터 제공한 희락, 1989년 선량한 사회를 전복하려 했다는 이유로 천안문 광장에서 무차별 학살당한 중국인 1500여 명의 피 냄새까지도 선명하게 포함되어 있다. 비록 회사의 직원들은 자신의 일상이 유고슬라비아나 쿠바의 역사와 어떤 연관이 있으며 그곳의 현실에 어떤 영향을 끼치고 있는지 전혀 알지 못한 채 그저 규정에 따라 질문과 답변을 완성하고 그것들을 동료에게 밀어 보내고 있었지만, 그들 중에서 세계사의 진보와 퇴행에 대한 책임으로부터 자유로울 수 있는 자는 단 한 명도 없었으며 법정에 소환된다면 하나같이 무죄를 주장하는 대신 감형을 구걸해야 할 처지였다. 그래서 직원들에게는 더 많은 월급과 복지 혜택을 회사에 당당하게 요구할 권리가 보장되었던 것이다.

반면 회사는 모든 직원들에게 그들의 업무와 관계없이 다음의 두 가지 개념만큼은 반드시 이해해야 한다고 강요했다. ─ 이론(異論)과 갈등의 여지가 있는 종교나 윤리학 내신 반증 가능한 물리학을 선택한 것이다 ─ 그 공식 중 하나는 베르누이 법칙(Bernoulli's theorem)이었고 또 다른 하나는 레이놀즈수(Reynolds number)였다. 전자는 유체(流體)의 속도와 압력, 밀도 사이의 관계를 정의하여 에너지보존법칙을 설명한다. 후자를 이용하면 유체가 파이프를 통과할 때 층을 이루면서 평탄하게 흘러갈 것인지 아니면 소용돌이칠 것인지를 예측할 수 있다. 페인트를 만드는 회사인 만큼 유체에 대한 최소한의 물리학적 지식은 직원들이 자신의 업무와 사업의 특성을 이해하는 데 도움을 줄 수도 있겠지만, 여러 번 밝혔듯이, 그들 대부분은 자신이 무엇을 생산하고 있는지 정확히 알지 못했기 때문에 이 두 개념의 목적과 쓸모에 대해 항상 고민해야 했다. 그래서 어떤 자들은 식물성 유기용제를 정제 필터에 통과시키는 속도에 주목했고 어떤 자들은 드럼통의 형상과 연관시켰으며, 어떤 자들은 염료 건조 장치의 적정 에

너지 효율을 계산해 내려고 노력했다. 또 어떤 자들은 회사가 후원하고 있을지도 모르는 요트 대회나 골프 대회를 의심하기도 했다. 회사의 몰락을 막아 줄 신비로운 붉은 페인트의 제조 방법이 이 두 개념들과 연관되어 있다고 굳게 믿고 수많은 가정(假定)을 동원하여 하나의 통합 공식을 도출하려는 자들도 많았다. 흐르는 강물로 빗대어지는 인생에서 중요한 교훈을 찾아야 한다는 메시지에 불과하므로, 현재 자신이 처해 있는 상황에 더 집중할 필요가 있다고 해석한 자들도 있었다. 어쨌든 목적과 쓸모가 모호한 이 두 가지 개념 덕분에 직원들은 자신의 업무에 더욱 집중할 수 있었을 뿐만 아니라 일상의 현상을 하나의 물리학적 개념으로 설명하려는 습관을 지니게 되었다. 그렇다고 양자역학의 시대에 반하여 결정론적 세계관에 빠져든 것은 아니었고, 오히려 대체 불가능한 논리로 자신의 삶을 긍정적으로 해석하게 되었으니, 이미 정해진 운명의 이정표들이 5분 앞의 미래에 촘촘하게 박혀 있겠지만 5분이라는 시간이 결코 인과를 따라 직선적으로 흘러가지 않을 것이기 때문에 운명은 언제 어디서든지 다시 시작될 수 있다는 생각이 그들을 매료시켰다.

운명을 믿는 자는 결코 위대한 연금술사가 될 수 없다고, 스승은 제자에게 여러 번 강조했다. 연금술이란, 모든 물질

속에 내포되어 있는 보편적 정신을 찾아내고 추출하여 모든 재료들의 쓸모를 재조정하는 학문이자 실천 방법이라고. 그러니까 납과 황금의 차이는 쓸모의 차이일 뿐이며 각각에 내재되어 있는 보편적 정신을 조정함으로써 얼마든지 그 쓸모를 바꿀 수 있다는 것이다. 그리고 연금술사의 주된 역할은 물질과 물질 사이의 경계를 무너뜨리고 보편적 정신이 자유롭게 건너다닐 수 있도록 입구와 다리를 만드는 것이라고 스승은 말했다. 황금과 납 중 어느 것을 선택할 것이냐고 헤르메스 트리스메기스투스가 묻는다면 자신은 당연히 납을 선택할 것인데, 조물주*가 만물을 창조할 때 그와 가장 가까운 곳에 놓여 있어서 보편적 정신을 가장 많이 함유하게 된 물질이면서도 세상의 어느 권력자나 도둑도 탐내지 않을 만큼 비천한 형상과 성정으로 위장하고 있기 때문이란다. ─ 자신의 남루한 봇짐을 뒤져서 쓸 만한 것들을 빼앗으려던 자들이 거무튀튀한 납덩어리에는 아무런 관심도 보이지 않았기 때문에 스승은 마음 놓고 세상을 유랑할 수 있었다 ─ 하지만 위대한

---

* 목적론적 세계관을 지녔다고 알려진 플라톤은 조물주인 데미우르고스(Dèiourgos)가 우주 이전에 이미 존재했던 물질을 빚어서 새로운 우주를 만들었다고 설명한다. 반면 창업주의 스승은 우주 이전에는 아무런 물질이 없었고, 조물주가 물질을 만들고 그것들 사이에 보편적 정신을 삽입한 뒤에야 비로소 우주가 형태를 갖추었다고 가르쳤다.

연금술사라면 손톱 크기의 황금 속에서 인류 전체의 추악한 욕망과 투쟁의 역사를 정확히 꿰뚫어 볼 수 있어야 한다고 가르쳤다. 하지만 제자에게서 그런 능력을 발견하지 못하자, 연금술사는 어느 날 밤 작별 인사도 없이 떠났다. 어쩌면 스승은 창업주를 제자로 받아들일 때 이미 그런 결말을 알고 있었을지도 모른다. 또한 자신이 떠나면서 제자에게 남긴 신비로운 붉은 페인트가 훗날 유럽의 역사를 크게 교란할 것도 예상했으리라. 그렇다면 연금술사가 평범한 제자를 통해 인간 전체를 시험하려 했다고 추정할 수도 있다. 아랍인의 얼굴에 무슬림의 복장을 하고 있던 연금술사는 아담이 저지른 죄악을 그리스도가 죽음으로 대속함으로써 인류 전체가 구원받았다는 주장에 동의하지 않았지만, 인간 역시 연금술이 다루는 물질과 같아서 모든 인간 속에 내재되어 있는 보편적 정신을 적절히 조정함으로써 얼마든지 그들의 목적과 역할을 바꿀 수 있다는 사실만큼은 굳게 믿었으므로, 제자와 헤어진 뒤에도 여전히 그의 주변에 숨어서 그의 실험 과정과 결과를 묵묵히 지켜보았을 것이다. 제자의 실패는 곧 인류 전체의 실패를 의미했지만 그 실패가 영원히 지속될 것이라고 낙심하지 않았다.

창업주가 기묘한 풍모의 아랍인을 브라질에서 만났을 때 그의 나이 열다섯 살이었다. 가난한 부두 노동자의 셋째 아들로 태어나 혼자서 걷고 말하기 시작할 무렵부터 창업주는 자신의 끼니와 잠자리를 스스로 구해야 했다. 그는 도루강 주변의 와이너리에서 잔심부름을 하거나 창녀들에게 손님들을 안내해 주는 대가로 음식을 얻었다. 왕정 지지자나 공화주의자의 주머니 속을 털기도 했는데, 전자는 대개 부자여서 일주일 정도의 끼니를 단숨에 해결해 주기도 했으나 도루강 근처에 나타나는 경우는 드물었다. 반면 늘 취해서 도루강 근처를 삼삼오오 몰려다니던 후자에겐 동전 몇 개와 코르크 마개 따위가 전부여서 헛일을 하는 데 아까운 빵을 썼다는 자괴감에 사로잡힐 때가 많았다. 도루강에서 물고기는 잘 잡히지 않았고 낚싯대를 살 돈도 없었기 때문에 그는 비둘기나 갈매기를 잡아 노인들에게 팔거나 그것을 먹기도 했다. 그러다가 열 살이 되는 해 포르투 와인을 싣고 브라질로 떠나는 화물선에 숨어들었다. —— 1807년 나폴레옹의 침략을 피해 브라질로 도망쳤던 동 주앙 6세가 1821년 고국으로 귀국한 뒤에도 그의 맏아들 동 페드루는 브라질에 남아 있다가 1825년 브라질을 포르투갈에서 독립시키고 황제가 되었다. 하지만 포르투 와인의 풍미를 차마 잊지 못하여, 적도를 따라 이어지는 오랜 항해가 포르투 와인의 명성을 손상시키지 못하도록 정상보다 더 많은 양의 브랜디를 섞은 포르투 와인 수백 통을 수시로 브라질까지 주문했다 —— 항구를 떠난 지 이틀쯤 지나서 그는 쓰레기통을 뒤지다가 선원들에게 발각되어 고초를 겪긴 했지만, 브라질에 도착할 무렵에는 엄연히 뱃사람의 일원으로서 와인을 하역하는 일에 참여했고 일당까지 두둑이 챙길 수 있었다. 그는 포르투갈로 귀환하지 않고 브라질에 남았다. 그러고는 무전취식의 여행을 시작했다. 걱정과는 달리 그곳의 기후와 원주민의 성품은 온화했고, 그곳에 정착한 이주민들 역시 모국에서 건너온 방랑자를 환대해 주었기 때문에 큰 어려움 없이 음식과 잠자리를 구할 수 있었다. 반년에 걸친 여행 끝에 그는 세상의 끝이라고 확신한 이구아수 폭포 앞에 이르렀으나 그간의 고생을 보상받을 만한 감흥이나 보난자(Bonanza)를 발견할 수 없어서 크게 실망했다. 결국 세상의 끝에서 그가 할 수 있는 것이라곤 세상의 중심으로 되돌아가자고 결심하는 것뿐이었다. 그렇다고 빈손으로 포르투에 돌아가고 싶진 않았다. 그래서 그는 브라질에 남아 이주민이 소유한 사탕수수나 커피 농장의 관리인으로서 일을 시작했는데, 파우 브라질(Pau Brazil)*이란 나무에서 값비싼 붉은 염료를 얻어 낼 수 있다는 사실을 어느 날 우연히 알게 되었을 때 그는 마치 가브리엘 천사의 노랫소리를 들은 것처럼 기뻤다. ── 브라질이란 국가는 나무에

---

* 포르투갈어로 '파우(pau)'는 막대기를 뜻하고, '브라질(Brazil)'은 '백열' 또는 '새빨갛게 달아오른 상태나 숯불'을 의미하는 '브라사(brasa)'와 연관되어 있다.

서 태어났다 ── 하지만 브라질 곳곳에 자생하던 그 나무들은 이미 이재(理財)에 밝은 유럽 상인들에 의해 대부분 잘려 나간 뒤였기 때문에, 창업주는 주인이 아직 정해져 있지 않은 나무들을 찾아 미증유의 밀림으로 들어가지 않으면 안 되었다. 일일이 열거하기도 벅찬 고난을 통과한 끝에 그는 마침내 브라질 나무의 거대 군락지를 찾아냈고, 거기서 연금술사 스승을 만났다.

누군가 자신의 등 뒤에 오랫동안 서서 지켜보고 있다는 사실도 모른 채 창업주는 한 아름의 나무를 도끼로 쪼개어 가늘고 긴 조각으로 만들고 그것들을 맷돌로 빻은 다음 양철통에 물과 함께 넣고 끓이는 작업을 반복했다. 아마도 스승은 거대한 나무가 쓰러지는 소리를 들었거나 나무들 사이에서 피어오른 붉은 연기를 보고 그를 찾아냈을 것이다. 한여름인데도 스승은 온몸을 흰색 사우브와 터번으로 뒤덮고 있었으나 형형한 눈빛만큼은 감출 수 없었다. 그래서 창업주는 낯선 방문자가 자신의 불법 벌채를 처벌하기 위해 나타난 밀림의 정령이거나 맹수라고 생각하고 크게 놀랐다. 바닥에 쓰러져 한참 동안 꼼짝하지 않고 있다가 고개를 들어 보니 불청객은 이미 사라지고 없었다. 창업주가 두 달여 동안 중노동해서 겨우 모은 2킬로그램 ── 가격으로는 400이스쿠두 ── 의 붉은 염료도 그와 함께 사라졌다는 사실은, 사흘 동안 이어진 폭우를 피해 텐트 안에서 머물러야 했을 때 비로소 알아차렸다. 그때 그가 느낀 상실감은 지구보다도 더 무거웠으리라. 밀림의 정령이든 맹수든 자신의 미래를 통째로 훔쳐 간 이상 지옥 끝까지 쫓아가서 기어이 응징하고 말겠다는 복수심에 이끌리어, 그는 웃옷을 입지 않은 채 횃불도 없이 밀림의 아가리 속으로 뛰어들고 있으면서도 텐트로 돌아오는 길을 기억해 두지 않았다. 그리고 솔기 하나 없이 매끈한 어둠과 추위에 포위되자 비로소 그는 자신에겐 더 이상 과거나 미래로 돌아갈 수 있는 희망이 남아 있지 않다는 사실을 받아들였다. 절망의 냄새를 맡고 곧 맹수들이 몰려들 것이고, 자신의 심신으로 허기를 채우고 나면 한동안 순해질 것이다. 아직 자신의 삶에 아무런 영향도 미치지 않았으나 잃어버린 것만큼은 분명한 어떤 것 때문에 사람이 갑작스레 죽을 수도 있다고 생각하니, 아등바등 살았던 지난날의 기억이 우레 같은 소리를 내며 무너져 내렸다. 자신의 죽음 뒤에는 결코 슬픔이 남지 않기를 그는 기도했다. 마지막으로 큰숨을 들이켜고 눈앞의 어둠을 응시했을 때 흰색 사우브와 터번을 두른 남자가 코앞까지 다가와 있었다. 창업주는 사형수처럼 체념하면서 천천히 눈을 감았다.

5년 동안 함께 숙식을 하며 창업주는 스승으로부터 글 쓰는 법과 책 읽는 법을 새로 배웠다. 하지만 배우면 배울수록 그는 더욱 깊은 미혹으로 빠져들었다. 왜냐하면 스승은 어제 애써 가르친 지식들을 오늘 모두 부정하고 정반대의 것들로 대체했기 때문이다. 그래서 나중엔 스승의 가르침을 건성으로 듣는 한편, 자신의 직관과 기억에만 의존하여 실험을 진행하게 되었다. 제자의 불손한 태도에 화가 날 만한데도 스승은 단 한 번도 그를 꾸짖거나 그의 실험 방법을 교정하려 하지 않았다. 나중에 두 사람은 한방에서 서로 다른 실험을 독자적으로 진행하기에 이르렀는데, 위대한 스승마저 연속적으로 실패한다는 사실을 제자는 도저히 이해할 수 없었다. 스승이 사라진 뒤에야 창업주는 자신과 스승이 동일한 목적과 방법과 재료로 실험을 진행했으며, 자신이 한쪽 방향으로 비가역반응을 일으키는 동안 스승은 반대 방향으로 가역반응을 일으키고 있었기 때문에 그들의 실험이 항상 실패했다는 사실을 깨닫게 되었다. 그러니까 창업주의 실험은 매번 완벽하게 실패했지만 스승의 실험은 그저 실패처럼 보였을 뿐 단한 번도 실패한 적이 없었던 것이다. 하지만 어린 창업주에겐 인생의 진리를 단숨에 알아차릴 지혜와 인내심이 없었다. 그래서 그는 5년 동안 이어진 실패를 끝내야겠다고 생각했다. 이별에 앞서 그는 자신에게서 훔쳐 간 2킬로그램의 붉은 염료를 돌려달라고 스승에게 요구했다. 스승은 그 염료들로 2만 그루의 브라질 나무를 되살렸노라고 대답했다. 멸시와 의혹으로 가득 찬 제자 앞에서 스승은 아름드리나무 한 그루를 직접 잘랐는데, 그 몸피 한가운데에서 자신의 이름이 새겨진 나무 스푼, 즉 파우가 발견되자 창업주는 불경한 생각과 태도를 즉시 버렸다. 그것은 그가 포르투를 떠날 때 집에서 가지고 나온 유일한 물건이었다. 며칠 뒤 스승은 자신의 주머니 속에서 병 하나를 꺼내어 보여 주었는데, 그 속에는 신기한 형상의 벌레 몇 마리가 살아서 꿈틀거리고 있었다. 스승은 보름달 아래에서 신비로운 의식을 치른 뒤에 그 벌레들을 침으로 찔러 죽이고 사흘 동안 말린 다음 곱게 빻아서 가루로 만들었다. 그러고는 며칠 전부터 시험관 속에 보관하고 있던 액체 위에다 그것을 뿌렸다. 제자는 그 모든 실험 과정과 스승의 언행과 표정, 그리고 주변 상황을 꼼꼼히 기록했다. 하지만 자신이 기대했던 폭발이나 비등 현상은 나타나지 않았고 황금처럼 보이는 물질도 시험관 바닥에서 발견되지 않았다. 스승은 머쓱한 표정을 지어 보이면서 이것이 자신이 저지른 가장 큰 실수라는 말을 무심코 던졌다. 다음 날 스승과 그의 실험 도구들은 자취도 없이 사라졌고 오직 어제의 시험관 하나가 코르크 마개로 막힌 채 식탁 위에 덩그러니 남아 있었다. 지구보다 무거운 상실감과 연옥과도 같은 밀림을 빠져나와 포르투로 되돌아가기로 결심했을 때, 그가 지닌 재산이라곤 스승이 남겨 둔 시약병 하나와 실험 일지 한 권과 납한 덩어리와 자신의 이름이 새겨진 나무 스푼이 전부였다. 리우데자네이루 항구에 정박되어 있는 상선에서 와인을 내리고 커피 자루를 싣는 일을 하면서 여비를 마련한 그는 포르투 항구의 밤을 대낮처럼 밝히고 있던 횃불 아래서야 비로소 스승이 자신에게 얼마나 귀중한 가르침을 남겼으며 자신의 일생을 바치더라도 그것을 체현하는 게 불가능하리라는 사실을 깨달았다. ─ 하지만 스승이 저지른 가장 큰 실수가 무엇인지는 그때까지도 알아차리지 못했다. 그러다가 제2차세계대전 동안 자신의 맏아들과 전쟁광들의 추적을 피해 절벽을 기어오르면서 불현듯 스승의 말을 다시 기억해 냈다 ─ 그러자 온몸의 근육과 핏줄과 신경망을 통해 보편적 정신이 끊임없이 유입되면서 그의 신산한 과거는 더 이상 개인적인 경험으로만 머물 수가 없게 되었다. 그때 창업주의 나이 스무 살이었다.

그 뒤로 창업주는 단 한 번도 스승을 만나지 못했다. 하지만 자신에게 갑작스레 들이닥친 여러 괴이한 사건들을 겪으면서 자신의 운명이 스승의 보호를 받고 있다는 생각을 하지 않을 수 없었는데, 행운보다 불행이 찾아왔을 때 더욱 그러했다. 어떤 행운의 목적도 그는 설명할 수 없는 반면, 모든 불행의 인과를 분명하게 이해할 수 있었기 때문이다. 그러면 어떤 불행도 자신과는 무관한 것으로 여겨졌고, 추락을 멈추게 해줄 바닥이 있는 한, 그것들로부터 어떤 상처도 받지 않으리라는 안도감을 얻었다. 그래서 창업주는 불행에서 무사히 빠져나올 때마다 도루강가로 내려가서 브라질이 있는 쪽을 향해 기도를 올린 뒤 포르투 와인을 강물 위에 쏟아부으며 스승에게 감사의 뜻을 전했다. 까닭 모를 행운이 계속될 때에도 그는 같은 방법의 의식을 치르곤 했다. 그러면 스승은 강물의 목소리를 빌려 파두 한 소절을 들려주기도 했는데, 그 노래 속에 녹아 있는 회한이야말로 창업주의 끼니였다. 그는 유년기의 기억을 밑천 삼아 와이너리에서 허드렛일을 하거나 신문을 돌리고 창녀들에게 손님들을 안내하는 일도 마다하지 않았다. 또한 비둘기나 갈매기를 잡아 식당 주인들에게 팔았다. 도루강의 물고기를 주변의 식당에 팔면 훨씬 많은 이익을 얻을 수도 있었으나 혹여 생선을 즐기는 스승이 굶게 될까 봐 그렇게 하지 않았다. 일이 없는 날이면 그는 다락방에 처박혀 식사도 거른 채 납을 황금으로 바꾸는 실험에 몰두했다. 1908년 동 카를로스 국왕이 리스본에서 두 명의 공화주의자들에게 살해되었다는 기사가 실린 신문을 팔다가 그는 첫째 아내를 만났다. 극적인 사건과 격앙된 분위기에 자극받았기 때문인지 그들은 서로에게 강렬한 인상을 받았고, 자신들이 갇혀 있는 시대의 비극이 오랫동안 지속될 것이라는 전망을 공유하게 되었을 때 서로에게 완전히 매료되었다. 그것은 결코 자신들의 잘못이 아니지만 결국 자신들이 책임져야 할 것이라는 절망감도 그들을 더욱 불완전한 존재로 만들었다. 그래서 그들은 만난 지 한 달 만에 창업주의 다락방에서 동거를 시작했고 반년 뒤 성당에서 결혼식을 올렸다. 하지만 유감스럽게도 창업주는 조촐한 피로연이 끝날 때까지도 이 행운의 목적을 스스로에게 설명할 수 없었기 때문에 훗날 이 행운이 고스란히 불행으로 변모했을 때에야 비로소 인과를 이해할 수 있었다.

불행의 전조는 맏아들이 포르투갈 청년단의 제복을 말끔하게 차려입고 창업주 앞에 나타나기 직전부터 이미 곳곳에서 드러나기 시작했다. 페인트 사업은 여전히 소비자들의 수요를 감당할 수 없을 정도로 호황을 누리고 있었건만, 자신을 여전히 생선 행상 정도로 여기고 있는 포르투 사람들의 기억을 개조하는 데 너무 많은 돈을 쏟아붓는 바람에, 첫째 아내에겐 늘 돈이 부족했다. 그래서 그녀는 비록 테일러가 누구인지 전혀 알지 못했지만, 기꺼이 그의 추종자로 자처하고 스톱워치를 든 채 하루 종일 공장을 돌아다니면서 직원들의 일거

수일투족을 감시하고 교정하려 애썼다. 일자리를 얻으러 찾아온 사람들을 면접하는 일도 그녀의 몫이었다. 하지만 그녀가 가장 열광한 역할은, 매주 일요일 아침 자신의 가족뿐만 아니라 모든 직원들을 공장에서부터 성당까지 이끌고 행진하는 것이었다. 적어도 그 순간만큼 그녀는 이사벨라 성녀가 되어 가난하고 소외된 포르투 사람들을 구원의 길로 안내하고 있다는 착각에 빠져들었다. 또한 그것은 성서의 종이를 찢어 온몸에 묻어 있는 생선 비린내를 닦아 내는 일이기도 했다. 그녀는 가능한 한 많은 순례자들이 자신을 뒤따르길, 그리고 가능한 한 많은 구경꾼들이 자신을 지켜봐 주기를 소망했기 때문에, 그 순례의 노정과 진행 시간은 점점 길어졌다. 첫째 아내는 포르투에서 가장 아름다운 옷을 찾기 위해 매주 토요일 아침부터 옷장 앞에서 서성거렸고, 하녀 — 창업주의 둘째 아내 — 의 도움만으로는 만족하지 못하여 파리에서 재단사를 불러들이기까지 했다. 회사에 채용되기에 앞서 한 명도 빠짐없이, 술과 도박을 끊고 저녁 식사는 반드시 가족과 함께하며 일요일에는 빠지지 않고 성당에 나가겠다는 노동 계약서에 서명하긴 했지만, 여전히 암암리에 술과 도박과 매춘을 즐기고 있던 직원들은 작취미성(昨醉未醒)의 상태를 들키지 않기 위하여 일요일 아침마다 도루강으로 뛰어들어 멱을 감고 박하 차를 마셨으며 공장 앞까지 걸어가는 내내 우슬초*를 씹어야 했다. 공장 앞에서 직원들을 한 줄로 늘어세우면서 이름과 도착 시간을 일일이 확인하던 관리자들과 노동자들 사이에 언쟁이 자주 벌어지기도 했지만, 첫째 아내는 자신의 아름다운 옷이 주목받지 못할까 봐, 또한 집안의 하인들까지 정장을 입혀 자신 주위에 배치했음에도 불구하고 자신의 남편과 아들의 빈자리가 훤히 드러나게 될까 봐 두려워, 한없이 온화하고 우아한 표정으로 소동을 묵과하지 않을 수 없었다. 하지만 그녀의 기대와는 달리 포르투 사람들의 반응은 냉담했다. 아침잠이 없는 아이들과 노인들이라도 깨워서 유리창 앞에 모이도록 만들기 위해 나중엔 순례단의 선두에 선 자들이 피리를 불고 북까지 두드렸으나, 마치 레이디 고디바(Godiva)**의 고행에 대처하듯이 포르투 사람들은 눈을 가리고 귀를 막는 편을 택했다. 만약 테일러가 그녀의 곁에 있었다면 순례 내내 이사벨라 성녀의 손동작, 발걸음, 심지어 호

---

* 풀의 줄기에 소의 무릎처럼 마디가 있어서 쇠무릎이라고도 한다. 히브리어로 '지나가다'라는 어원을 지녔으며, 매년 유월절에 잡은 양의 피를 그것으로 찍어 문설주에 바르면 재앙을 피할 수 있다는 믿음이 유대인과 기독교인들에게 남아 있다.

** 자신들의 세금 감면을 위해 코번트리 영주의 부인이 알몸으로 말을 타고 마을을 한 바퀴 도는 동안, 마을 사람들은 문과 창을 걸어 잠그고 커튼을 내리는 것으로 감사를 표현했다. 하지만 톰은 자신의 인생에서 가장 아름다운 순간을 직접 목격하기 위해 기꺼이 두 눈을 대가로 바쳤다.

흡 횟수까지 세밀하게 파악하여, 가장 효율적인 방법으로 복음을 전파하는 방법을 귀띔해 주었으리라. 하지만 포르투 성당의 미사 시간보다 매번 늦게 도착하는 그들을 향해 성직자들마저 비난하기 시작하자, 첫째 아내는 점점 구원과 순례의 길에서 벗어났다. 마지막 순례가 된 일요일 아침에 그녀는 우아한 드레스 대신 승마용 바지를 입고 있었으며 직원들의 빈자리를 두 마리의 경주마로 메꾸었는데, 더 이상 이사벨라 성녀의 온화하고 우아한 표정을 찾을 순 없었다. 창문의 커튼 뒤에서 역겨운 행렬을 안쓰럽게 훔쳐보던 사람들은 피핑 톰(Peeping Tom)을 장님으로 만들었던 저주가 부활할 것이라고 예감했다. 불길한 예감에는 현실이 이미 반영되어 있는 법이다. 마지막 순례가 끝난 뒤 한 달도 채 지나지 않아서, 회사의 이익이 일곱 배나 증가하였는데도 불구하고 전체의 70퍼센트에 해당하는 직원들이 해고 통보를 받았는데, 첫째 아내의 열등감과 배신감이 이런 결정을 주도했다는 의혹을 떨쳐 버릴 수가 없었다. 신비로운 붉은 페인트를 재현하는 실험에 몰두하느라 수년째 실험실에서 두문불출하고 있던 창업주는 아침 식사 도중에 이 소식을 듣게 되었다. 자신이 단 한 번이라도 일요일 아침 창밖을 내려다보았더라면 이런 비극을 미리 막을 수 있었으리라고 자책했지만, 이미 현실이 되어 버린 미래를 수정할 순 없었다. 그래서 그는 도루강물에 포르투 와인 한 병을 쏟아부은 뒤 돌아오자마자 첫째 아내가 더 이상 사업에 참여하지 못하도록 만들었다. 그리고 공화주의자들처럼 회사와 교회를 분리하는 지침을 발표하고 어느 직원도 다른 직원에게 종교적 행동을 강요할 수 없도록 조치했다. 하지만 곧 전쟁이 일어나 이 모든 조치들은 무력해졌다.

제2차세계대전 이후 사업을 다시 시작한 건 결코 창업주의 뜻이 아니었다. 전쟁의 상흔에서 벗어나려는 국가들 ── 전범 국가들은 추악한 역사를 감추기 위해, 피해 국가들은 무기력한 역사를 감추기 위해 ── 과 페인트의 명성 ── 적어도 미학적 특성 ── 이 다시 회자되기 시작했다. 전쟁에 앞서 정치적 중립을 선언한 덕분에 대부분의 포르투갈 국민들은 자신의 목숨과 재산을 지켜 낼 수 있었지만, 공장은 적어도 세 명 이상의 전쟁광들에 의해 완전히 파괴되었고 창업주와 직원들 대부분이 행방불명되었다. 겨우 살아남은 직원들의 경험과 지식은 테일러 시스템에나 적합하도록 파편화되어 있었기 때문에 아무리 많이 모으고 꿰어 맞추더라도 페인트 생산에 필요한 정보를 완성할 수 없었다. 그래도 자신의 삶을 재건할 기회를 놓치고 싶지 않았던 직원들은 공화주의자들의 방식대로 격론과 선거를 통해 공장 대표를 선출하고 은행과 유력 사업가들로부터 막대한 자금을 빌려서 폐허 위에 공장을 다시 세웠다. 퍼즐의 빈자리는 오로지 시행착오를 통해 메꿀 작정이었다. 성대한 준공식과 축하 파티에 참석하기 위해 몰려든 사람들 때문에 포르투와 도루강은 이틀 동안 잠들지 못했다. ─ 축하객들 중에는 죽은 전쟁광들의 명령에 따라 창업주와 그의 가족들을 추적했던 비밀경찰들도 포함되어 있었는데, 신비로운 붉은 페인트의 무한한 사업성을 확신한 이후로 그들은 오로지 개인적 목적에 따라 행동했다 ─ 옛 명성의 상표를 그대로 부착한 페인트는 대대적인 홍보 덕분에 불티나게 판매되었고 세계 각지에서 몰려드는 주문들을 처리하느라 공장은 밤과 주말에도 문을 닫지 않았다. 신규 인원들을 채용하고 생산 설비를 늘렸는데도 상황이 나아지지 않자, 한때 테일러리스트들에게 극렬히 저항했던 직원들마저 자발적으로 나서서 동료들의 생활양식을 제어하기 시작했다. ─ 술과 도박을 끊고 저녁 식사는 반드시 가족과 함께하며 일요일에는 성당에 나가야 한다는 조항은 이미 노동 계약서에서 사라졌다. 오히려 양질의 노동력을 유지하기 위해 술과 도박과 매음조차 묵인되었다. 전쟁의 광기로부터 신자와 성직자를 보호하지 못한 신은 지상 어디에서도 더 이상 환영받지 못했다 ─ 이런저런 조치는 생산성을 단기간 향상시켜 생산과 소비의 불균형을 해소시키는 듯했으나, 평온은 그리 오래 지속되지 않았다. 불완전한 상품이 세계 곳곳에서 일으키는 문제들—누수, 부식, 방전, 변색, 소성, 경화, 균열, 납 중독, 피부병, 알레르기 등—은 처음에 소비자들의 부주의 때문에 일어난 것으로 치부되었으나, 언론과 시민 단체가 개입하여 상품의 위험성과 회사의 부도덕성을 고발하면서 전쟁보다도 더 치명적인 영향을 경고했다. 그러자 포르투갈 정부는 상품의 판매를 금지하고 공장을 강제로 폐쇄시켰으며, 천문학적 금액의 배상금을 소비자들에게 가능한 한 빨리 지급하도록 압박하기 위해 회사의 주요 책임자들을 구속했다. 은신처에서 이 소식을 접한 창업주가 살라자르 총리에게 직접 자필 편지를 보내어, 자신과 작금의 사태는 아무런 연관이 없지만 소비자들을 혼동시킨 책임이 자신에게도 있기 때문에, 자신의 모든 재산을 팔아 피해자들에게 배상금을 지급하고 직원들의 체불 임금을 해결할 것이며 자신이 직접 옛 명성의 페인트를 생산해서 불명예를 회복하겠다고 약속하지 않았더라면, 순회 판사는 흉포해진 여론에 떠밀리어 제대로 법리도 검토하지 않은 채 몇 명의 직원들에게 교수형을 선고했을는지도 몰랐다. 창업주의 제안은 피해자들과 정부에 의해 받아들여졌고 직원들은 간신히 감옥에서 풀려날 수 있었다. 하지만 그들이 별다른 구직 활동 없이 그저 창업주의 연락만을 기다리면서 끼니와 집세를 해결하느라 수중의 재산을 소진하는 동안 공장은 경매를 통해 새로운 주인에게 넘어갔고, 얼마 지나지 않아 창업주가 생산한 것이 분명한 페인트들이 잡화점 진열대에 등장했다. 자신들의 참여 없이도 페인트 생산이 가능해진 현실에 크게 낙담한 전직 직원들 일부는 자살했고 일부는 죽은 자와 마찬가지의 상태에 빠졌으며 또 일부는 이민을 떠났다. 나머지는 와이너리의 일용 노동자나 뱃사람이나 식당 종업원으로 일해야 했다. 하지만 어디에선가 여전히 살아남아 있던 전직 직원들은 모두 2년쯤 지난 뒤에야 발신인을 알 수 없는 편지를 받았는데, 그 안에는 현금으로 2000이스쿠두와 노동 계약서 한 장이 들어 있었다. 비밀을 목숨처럼 지키지 않는다면 더 이상의 행운은 보장할 수 없다는 문구가 붉은 글씨로 노동 계약서 뒷면에 명기되어 있었다. 계약서에 서명한 자들은 한 달 뒤 회사의 지침에 따라 짐을 꾸려 가족들과 함께 모처로 떠났다. 그리고 그곳에서 새로운 업무를 시작했을 때, 그들은 더 이상 창업주가 전통적인 방법으로 회사를 운영하지 않는다는 사실을 깨달았다. 공장이나 사무실로 출근하지 않고 하루 종일 집에 머물러야 했으니 동료를 만날 수 없었고, 누군가로부터 편지로 전달받은 일을 처리한 뒤 보고서를 작성하여 다음의 누군가에게 우편으로 보내면 그만이었으므로 질문할 필요도 없었다. 공장이 어디에 있는지도 알 수 없었고 그곳에서 생산되는 상품이 페인트라는 증거도 찾을 수 없었다. 하지만 자신에게 업무를 지시하는 편지는 일요일을 제외하고 하루도 거르지 않고 집으로 배달되었을 뿐만 아니라 월급 또한 정해진 날짜를 단 한 번도 어기지 않고 지급되었으므로 회사의 존재를 의심할 여지는 없었다. 자신이 생산하는 상품이 반사회적인 것 — 무기이거나 마약, 또는 불량식품 등 — 일지도 모른다고 의심한 자들도 있었으나, 수년동안 아무런 사건도 일어나지 않았고 어느 누구도 수사를 명목으로 자신의 집에 들이닥치지 않았으므로, 그들은 곧 새로운 업무 환경에 완벽히 적응했다.

조직이 더 이상 분화하지 않고 안정되었다고 생각했을 때, 그러니까 생산팀으로부터 시작된 조직 구조에 EHS팀이 마지막으로 추가되었을 때, 인사팀은 신규 직원을 채용하기에 앞서 회사가 견지해야 할 지침을 다음과 같이 설정한 적이 있었다. 물론 이것은 창업주의 원칙을 정면으로 위배하는 것이었기 때문에 프로세스에 의해 여러 번 거부당하다가 끝내 폐지되었는데, 나중에 인사팀 직원들은 회사의 몰락이 이때부터 시작되었다고 수군거렸다.

1. 신체적 장애를 지닌 자를 차별하거나 우대하지 않음. 장애의 정도에 알맞은 역할과 규정을 제공하는 의무가 회사에 있으며 직원 역시 신의를 갖고 성실하게 이행해야 함. 예외는

인정하지 않음.

2. 문맹이거나 난독증을 앓고 있는 자는 전문가의 추천서를 보유한 자에 한해 정밀 검사를 실시한 뒤 입사 여부를 최종 판단함. 색맹인 자에 대한 차별은 없음.

3. 업무 중 일체의 종교 활동을 금지함. 만약 개인의 일상으로부터 종교적 영향 ── 복장, 음식, 기도 시간, 휴일 등 ── 을 분리할 수 없는 지역이라면, 동일한 종교 및 분파의 지원자들만 채용할 것. 취업 이후 회사의 동의 없이 개종을 허락하지 않으며 위반 사항이 발각되었을 경우 해고함.

4. 인종과 언어, 역사에 대한 차별을 일체 금지함. 부득이 특정 조건의 지원자들을 채용해야 할 경우, DNA 검사, 언어와 역사 시험을 진행한 뒤에, 같은 혈통과 언어, 역사관을 지닌 직원들로만 조직을 구성할 것. 현재의 국경에 대한 정치적 언급을 금지함.

5. 직원들의 나이나 경력, 교육 정도에 대한 차별을 금지함. 직원들 사이의 사적 조직을 불허하며 위반이 발각될 경우 즉각 해고함.

6. 성별에 대한 차별을 금지함. 재직 중에 성별을 바꿀 경우에 회사는 정해진 규정에 따라 지원함.

7. 업무 중 정치와 경제 체제에 대한 일체의 언급을 금함.

8. 사회적 계급에 대한 차별을 일체 금지함. 부득이 이를

고려해야 할 경우, 같은 계급 출신의 직원들로만 조직을 구성할 것.

9. 전염성이 거의 없고 치료약이 시판되는, 또는 임상 시험을 끝내고 향후 3년 이내에 치료약이 시판될 예정인 질병을 보유한 직원에 대해서는 차별이 없으나, 본인이 적극적으로 치료 활동을 하지 않을 경우 제재함.

10. 업무 도중 사망할 경우 법적 대리인에게 우선 채용 기회를 제공함. 일부일처제, 일부다처제, 다부일처제, 중혼, 동거 등의 제도 대한 차별은 없음.

11. 10번 항목의 경우를 제외하고 직원들의 자녀나 친척의 입사는 불허하며 발각되는 경우 모두 해고함.

12. 범죄 경력 보유자나 군 복무 경험자는 원칙적으로 입사를 불허함. 단, 개인의 선택과 무관하게, 또는 양심에 반하는 상황을 거부하다가 범죄자나 군인이 되었다는 사실을 직접 입증할 경우 정상 참작함. 입사 이후 5년 동안 회사는 그들의 정신과 치료를 적극 지원할 의무가 있음.

13. 창업주와 그 가족에 관련된 일체의 언급을 금함. 만약 이를 위반한 자는 해고 조치함.

14. 반사회적 활동에 참여했거나 지지한 경력을 지닌 자의 채용을 불허함. 채용된 이후라도 이 사실이 발각되면 즉시 해고함.

15. 이상의 조항 이외에도 각 조직이 업무 수행에 필요하다고 판단되는 항목들을 추가할 수 있으나, 반드시 인사팀의 승인과 내부 검증 과정을 거쳐야 함.

하지만 위의 원칙은 끝까지 유지되지 않았다. 왜냐하면 직원들의 삶을 둘러싸고 있는 조건들은 예측할 수 없을 정도로 빠르고 비논리적으로 변하는 반면, 회사의 원칙과 프로세스는 큰 변화 없이 화석의 시간을 견뎌 내고 있기 때문이었다. 어떤 자들은 유전적인 이유로 크고 작은 질병에 시달렸고, 무기력과 공허를 잊기 위해 종교를 선택하고, 여행을 하거나 이혼을 했으며 커밍아웃도 주저하지 않았다. 또 어떤 자들은 자신의 통장에 아직 입금되지도 않은 연금을 도박의 판돈으로 내걸었다가 파산했고, 1분 안에 육체와 영혼을 분리해 낼 수 있는 마약과 독주를 즐겼다. 자신이 지지하지 않는 정당의 승리를 막기 위해 반대 정당에 후원금을 입금하거나 십자군 전쟁 때 발명된 궤변을 동원하여 이웃 나라에 파병을 결정한 정부를 비난하는 시위에 참여하면서, 실정법은 이미 타락했으므로 오히려 처벌받는 것이 시민들에겐 명예로운 임무라고 생각하는 직원들도 부지기수였다. 그리고 인종과 언어와 종교만으로 세상의 모든 역사와 문화와 국경을 설명할 수 있다는 장광설을 펼치기도 했다. 이웃이나 친척, 그리고 친구들에게서 인사 청탁과 함께 뇌물을 받았으나 정작 인사팀과는 어떠한 접촉도 시도하지 않은 채 혼자서 뇌물을 탕진하고 거짓말로 일관하는 자들도 생겨났다. 더 기름진 음식과 더 큰 집과 더 빠른 자동차와 더 고급스러운 옷을 즐기게 되면서, 어떤 직원들은 후손들의 미래를 자신의 자산처럼 여기게 되었다. 심지어 죽음이 자신들을 현재에 영원히 머물 수 있게 해 줄 것이라는 믿음까지 유행했다. 창업주와 그의 가족에 대한 새로운 소문은 직원들이 머무는 곳마다 파리 떼처럼 날아다녔다. 인사팀 직원들 역시 이들과 크게 다르지 않았기 때문에, 비록 오래전부터 이런 상황을 예상했음에도 불구하고 자신의 실수를 인정하지 않기 위해서라도 앞장서서 제재하려 하지 않았다. 다행히 EHS팀이 환경과 건강과 안전을 명분 삼아 다양한 활동들을 주도하면서 인사팀의 실수를 어느 정도 만회해 주긴 했지만, 제1종 과오 때문에 인적 물적 자원들을 너무 많이 소진한 데다가 제2종 과오로 EHS팀마저 폐지되자, 직원들은 더 이상 회사의 유전자를 전달하는 숙주로서 존중받지 못했다.

유감스럽게도, 미래는 이미 과거와 현재에 충분히 반영되어 있다. 다만 미래는 너무 잘게 나뉘어져 너무 넓은 분야 — 물질과 제도, 사고 체계, 문화, 욕망, 무의식 따위 — 에

고루 흩뿌려져 있기 때문에 파편으로부터 전체를 단숨에 이해하기는 어렵고, 마치 사금파리를 찾아내듯, 다양한 크기의 체로 여러 번 걸러 내고 마지막 쳇불 위에 겨우 남은 것들을 면밀하게 살피는 작업이 필요하다. 이 역시 연금술사의 작업과 비슷하다. 그러니 연금술사에게 절대적으로 필요한 역량, 즉 감각과 사유의 한계를 뛰어넘는 직관력, 격렬한 환유의 과정에서 사라져 버린 부분들을 채우는 과감한 상상력, 그리고 실패를 성공의 필연 조건으로 감내하는 인내력이, 과거의 습관과 미래에 대한 전망으로 현재를 살고 있는 사람들에게도 절실하다. 그들이 반드시 기억해야 할 사실은, 직관력과 상상력과 인내력은 모두 힘의 개념이고 비록 개인에 따라 크기는 다르겠지만 모든 인간에게 선천적으로 주입되어 있으므로 노력에 따라 얼마든지 강화할 수 있으며 타인에게 양도하거나 스스로 제거할 수는 없다는 것이다. 음습한 감옥이나 고독한 새벽이나 불가항력의 사건이 이런 힘들을 단련시키는 데 큰 도움이 된다. 또한 이 힘들은 서로 연결되어 있어서, 동시에 같은 방향으로 늘어나거나 줄어들 수 없다는 사실도 이해해야 한다. ── 이것은 다시 하이젠베르크의 불확정성원리를 따른다 ── 가령 직관력을 단련시키면 상상력이 함께 향상되는 반면 인내력은 감소된다. 반대로 인내력을 늘리면 직관력과 상상력은 줄어들 수밖에 없다. 힘이라는 개념 속엔 항상 크기와 방향이 함께 내재되어 있기 때문에, 시공간에서 방향을 지니지 않는 것은 설령 엄청난 크기를 지녔더라도 아무런 변화를 이끌어 낼 수 없다. — 전 세계 어느 곳에서나 물리학 수업은 속력(Speed)과 속도(Velocity)*의 차이를 이해하는 것으로부터 시작된다 — 채움과 비움을 통해 최적의 상태를 유지하는 것만이 존재를 늘 깨어 있게 만드는 방법이다. 모든 물질에 편재되어 있는 보편적 정신은 마치 바람과 같아서, 한쪽에서 다른 쪽으로 이동할 때만 겨우 감지할 수 있는 무엇이며 장애물을 뛰어넘어 그것을 적절한 크기만큼 원하는 방향으로 이동시키는 작업이 연금술이다. 연금술사 스승이 창업주에게 가르치려 했던 진리의 핵심이 바로 이것이었다. 하지만 제자는 직관력과 상상력과 인내력을 최적의 상태로 유지하는 데 매번 실패했기 때문에 미래를 현실에서 모조리 소진한 뒤에도 미처 알아차리지 못했다. 신비로운 붉은 페인트를 절반은 마시고 절반은 몸에 바른 덕분에 죽음을 피할 수 있었지만, 힘

---

* 속력(Speed)은 크기를 지니되 방향은 지니지 않는 스칼라(Scalar)양이며, 속도(Velocity)는 속력에 방향을 부여한 벡터(Vector)양이다. 힘은 크기와 방향을 지닌 벡터양이므로 Speed를 속도로, Velocity를 속력으로 번역해야 옳지 않을까. 하지만 유감스럽게도 첫 번째 물리학 수업 시간에 이 용어들의 역설에 대해 자세하게 설명해 주는 선생님은 없다. 그래서 첫 번째 물리학 수업 시간부터 광대무변한 우주에 대한 흥미를 잃는 학생이 생겨나는 것이다.

의 개념들은 육신 — 또는 물질 — 의 소멸과 함께 완전히 사라지기 때문에 창업주는 더 이상 직관력과 상상력과 인내력을 단련할 수 없었고, 이 때문에 매번 실험에서 실패했다.

만약 연금술사 스승이 만들어 준 신비로운 붉은 페인트를 창업주가 재현하는 데 성공했다면, 또는 창업주를 대신하여 회사의 직원들이 성공했다면, 오랫동안 그들이 궁금해했던 미래는 지금 어떤 현실이 되었을까. 낙원에 가까워졌을까, 연옥에 가까워졌을까. 하지만 기존의 세계를 파괴하지 않고선 낙원이든 연옥이든 지상에 건설할 수 없으니, 신비로운 붉은 페인트와 관련된 비밀과 생산 시설을 차지하기 위해 전 세계 모든 국가들뿐만 아니라 무장 혁명 단체나 범죄 집단까지 전쟁에 참여할 것이다. 그리하여 국가 간의 전쟁은 국가별 내전으로 바뀌고 힘의 균형이 잡히기 전까지 비극은 더욱 심화될 것이다. 아무 때나 나타나는 군인과 폭격기와 난민들 때문에 국경은 더 이상 의미를 잃을 것이고, 전쟁을 서둘러 종식시키겠다는 명분으로 더 잔인한 무기들이 등장할 것이다. 설령 전쟁이 멈추고 신비로운 붉은 페인트가 적법하고 공정하게 거래된다고 하더라도 혼란은 계속될 것인데, 주변 환경에 따라 옷색깔이 바뀌는 보행자들을 감지하지 못하여 자동차나 기차는 아무 곳에서나 멈춰 서야 할 것이고, 개인의 비밀이 보이지 않는 감시자에 의해 끊임없이 고발되면서 인권은 급격히 축소될 것이다. 사라진 납세자들 때문에 부족해진 세수를 메우기 위해 국가는 세율을 인상하고 아이와 노인에게도 세금을 부과할 것이다. 더 이상 피부색 차이 때문에 차별받지 않겠지만, 파편화된 대중 속에서 더욱 고독해질 것이고 더욱 기괴해진 욕망을 해결하는 데 열중할 것이다. 신비로운 붉은 페인트를 들이마신 자들은 사고나 질병으로도 결코 죽지 않을 것인데 — 사고로 잘려 나간 신체가 자라거나 질병으로 기능이 멈추거나 약해진 장기들이 살아나는 것은 아니고, 그저 그것을 마실 당시의 상태를 영원히 유지하는 것이다 — 그들이 일으키는 모든 시행착오와 범죄 또한 영원히 반복될 것이며 이를 알고도 미리 방지하지 못한 자들의 분노와 무기력도 이어질 것이다. 진화하거나 퇴화하지도 않은 채 개체 수를 점점 늘려 가는 인간을 견뎌 내지 못하고 지구는 끝내 파괴될 것이고 우주의 미래가 닫힐 수도 있다. 그런데도 인간은 자신이 암흑 물질에 불과하다는 사실을 결코 인정하지 않을 것이다. 연금술사 스승은 이미 이런 상황을 간파했기 때문에 제자에게 비밀을 전수하지 않았으리라. 비록 직관력과 상상력은 부족하지만 인내력만큼은 스승에 버금갔던 창업주는 스승의 걱정만큼은 확실하게 이해했기 때문에, 불사의 몸이 된 이후로, 비록 100년 동안의 고독 때문에 때때로 실수를 저지르긴

했지만, 최대한 몸을 웅크리고 발소리를 죽인 채 포르투 곳곳을 드나들면서 혹시라도 자신이 흘렸을지도 모를 신비로운 붉은 페인트에 대한 비밀을 찾아내어 폐기하고 있을 것이다.

100년을 채우지 못한 채 소멸해 가는 회사를 살리기 위해 직원들이 신비로운 붉은 페인트를 재현할 실험을 진행하고 있을 때, 창업주 역시 포르투의 어느 낡은 골방에 틀어박힌 채, 자신의 스승이 그러했던 것처럼, 직원들과 정반대의 순서로 실험을 진행하면서 그들의 성공을 방해했던 것은 아닐까. 막대한 자금과 인력을 동원했건만 인류의 미래에 지대한 영향을 미칠 만한 성과를 전혀 얻어 내지 못했다는 사실을, 그 이외의 가정과 추론으로는 도저히 설명할 수가 없다.

거듭해서 말하지만, 페인트는 얼마든지 물이 될 수 있고 독으로 변할 수도 있다. 창업주는 첫째 아내이자 둘째 아들이며, 비밀을 알고 있는 다섯 명의 원로들 전부이고, 히틀러이자 살라자르이다. 모든 인간을 인간과 인간으로 나누어서는 정작 인간을 이해할 수 없고, 모든 인간을 한 명의 인간으로 섞은 뒤 안팎을 세세하게 살핀 뒤에야 겨우 한 명의 인간을 잠시 이해할 수 있다. 하나의 인간을 살리기 위해서 다른 인간을 죽일 순 없고, 하나의 인간을 살리려면 다른 인간 또한 살

려야 한다. — 인간은 혼자서는 죽지 않고 누군가를 죽인 다음에야 자신이 죽는다 — 불순한 의도를 지닌 자들의 득세를 막고 선의를 지닌 자들의 번영을 돕는 일이야말로, 모든 인간과 각각의 인간이 평생 동안 끊임없이 몰입해야 하는 임무다. 납은 황금을 만드는 재료로서 가치 있는 게 아니라, 납이나 황금은 서로 형상과 성정을 완전히 맞바꿀 수 있기 때문에 소중하게 다루어야 한다. 가역 변화에 중요한 요소는 보편적 정신이지만 그것은 혼자서 존재할 수 없고 반드시 사물이나 현상, 사건, 사건과 사건 사이, 침묵, 어둠, 망각 등에 깃들인 채 존재할 수 있기 때문에, 신이 창조했든 스스로 진화했든 상관없이, 세상에 존재하는 모든 것들은 그 목적과 쓸모를 존중받아야 한다. 한 가지 존재의 소멸은, 그것을 반영하고 있는 존재 모두의 즉각적인 소멸을 야기하며, 소멸이 진행되는 순간은 찰나에 불과해서 거의 동시에 모든 것이 소멸된다고 말하는 편이 진리에 가깝다. 인간에 대한 최소한의 믿음, 환경에 대한 최소한의 채무 의식, 역사에 대한 최소한의 경외감이야말로 인간이 지닐 수 있는 보편적 정신이 아닐까. 인생이란 불완전한 인간이 조물주의 선한 창조물로 환원되는 과정이다. 이는 인간이 태어날 때부터 악하다는 성악설에 기초하며, 그리스도를 자각하지 못하는 유아에게 강요된 세례는 무효이며 성인이 된 이후에 세례를 진행해야 한다는 재세례학파의 주장과도 일치한다. 회사는 보편적 정신을 발굴해 내고 실천하는 존재가 되어야 한다는 창업주의 생각을 그 이외의 사람들은 전혀 다르게 읽고 썼다. 필멸의 인간을 닮으려 했던 시도 때문에 회사가 실패한 것은 결코 아니다. 오히려 완전히 소멸했기 때문에 회사는 성공했다. 회사가 완전히 실패할 확률은 회사가 완전히 성공할 확률과 똑같으며, 회사가 완전히 실패했다는 사실을 완벽하게 증명할 수 없는 한 회사가 완전히 성공했다는 주장에도 전혀 반박할 수 없다.

창업주의 손녀가 죽은 이후에도 붉은 페인트의 제조 비밀을 알고 있는 것으로 추정되는 네 명의 원로들은 여전히 살아남아서 회사가 100년의 역사를 채우지 못한 채 소멸해 가는 과정을 묵묵히 지켜보았을 것이다. 하지만 왜 그들이 회사의 소멸을 막지 않았는지 — 또는 막지 못했는지 — 알려진 바는 없다. 만약 그들 중 한 명이라도 회사 경영에 적극적으로 참여했더라면 치명적인 실수를 막을 수도 있었을 텐데 끝내 아무도 그렇게 하지 않았다. 회사의 소멸 이후에도 그 비밀을 갈망하는 경쟁 업체들은 수없이 많았기 때문에, 개인적 욕심을 채우기 위해 회사의 당면한 위험을 좌시했거나 적어도 미필적고의를 행사했다고 의심할 수도 있다. 하지만 제조 공식과 프로세스와 생산 시설과 직원들의 완벽한 조합이 없이는 페인트의 생산이 불가능하다는 사실을 그들은 누구보다도 더 잘 알고 있었을 터이므로, 만약 호사가의 이야기대로 그런 불순한 의도가 있었더라면 회사의 프로세스와 생산 시설이 완전히 파괴되기 전에는 분명한 행동을 취해야 했는데 아무도 그렇게 하지 않았다. 어쭙잖은 상상력을 동원해 보자면, 네 명의 원로들이 서로 회사를 독식하기 위해 지난한 암투를 벌이다가 정작 뛰어들어야 할 적기를 놓쳤거나 — 다섯 명일 땐 다수의 의견이라는 논리가 가능했지만 창업주의 손녀가 죽은 뒤로는 그들 사이의 의견을 조정하는 게 불가능해졌을 수 있다 — 제조 공식을 자신의 후계자에게 전달하기 전에 전염병이나 부조리한 사고로 모두 목숨을 잃었거나 치매에 걸렸을 수도 있다. 그게 아니라면 또 다른 추정도 가능하다. 제조 공식은 다섯 조각으로 나뉘어 각자에게 할당되어 있어서 다섯 명의 원로들이 한자리에 모여 조각을 동시에 맞춰야 완성되는데, 창업주의 손녀가 죽으면서 한 조각이 영원히 사라진 데다가, 회사의 프로세스가 그러했던 것처럼, 하나의 사실은 그와 대칭되는 사실을 완벽하게 부정하도록 만들어져 있어서 네 조각을 동시에 맞추었더니 비밀 공식이 완성되는 게 아니라 오히려 파괴되었던 것은 아닐까. 자신이 더 이상 쓸모없게 되었다는 충격으로 쓰러진 뒤 그들은 다시 자리에서 일어나지 못했을 수도 있다. 창업주는 숨어서 그들의 임종을 차례차례 지켜보았을 것이다. 그러고는 도루강으로 뛰어들어 하구까지 흘러내려 갔다가 대서양에 이르러 문어로 변신했을 것이다. 지난날의 추억 때문에 몸 색깔이 포르투의 총천연색 건물들이 지닌 그것들과 일치하는 순간은 더 이상 없었을 것이다. 운이 좋다면 연금술사 스승을 대서양 한가운데의 바위틈 사이에서 다시 만날 수도 있다. 그러면 창업주는 자신이 깨달은 진리에 대해 단 한마디도 말하지 않음으로써, 언어나 문자는 물질과 영혼의 해방을 방해한다는 스승의 가르침을 체현해 보일 것이다. 하지만 포르투 사람들은 문어 요리를 너무도 좋아하기 때문에 자칫 어부의 낚싯줄에 낚이어 그들의 저녁 식탁 위까지 끌려 오르는 날도 있을 것이다. 뜨거운 냄비 안에서도 창업주는 결코 죽지 않겠지만, 대서양으로 돌아가려면 먹음직스럽게 익은 일곱 개의 다리와 몸통을 매번 그들의 성스러운 허기에 고스란히 바쳐야 할 것이다.

"모르겠습니다. 인간의 정신이라고나 할까요."
"자네는 자네 자신을 인간이라고 생각하나?"

조지 오웰, 정희성 옮김,
『1984』(민음사, 2003), 378쪽.

작가의 말

나는 어떤 모호한 문장에서 태어난 게 분명하다. 그것이 어디서 시작되어 어디로 향해 날아갔는지 알 수는 없다. 말하는 자가 자신에게 들려주려다가 그 문장을 떨어뜨렸을 수도 있다. 그래서인지 주어나 목적어가 포함되어 있지 않고 육하원칙을 따르지도 않으며 성적 정체성을 암시할 관사나 접미사도 생략되어 있다. 하지만 그 문장은 질량을 지니고 있어서 멀리 날아가지 못하고 추락했다. 중심을 향해 가속되다가 딱딱한 무엇에 부딪혀 여러 조각으로 쪼개졌다. 그중 하나의 조각에서 내가 태어난 것 같다. 부딪힌 뒤 공중으로 재차 튀어 오른 것은 나와 전혀 상관없고, 부딪히는 순간 상대의 표면에 들러붙었다가 천천히 흘러내린 것만이 나를 대체로 반영했을 것이다. 마디가 없는 시간은 미끄러져 내리는 나를 붙잡아 주지 못했다. 어쩌면 내가 태어난 곳은 저녁 식사를 마친 사람들이 떠나고 남겨진 식탁 위였는지도 모르겠다. 시큼한 음식 냄새가 아련하게 기억났다. 그렇다고 음식과 관련된 문장은 아니었던 것 같고 차라리 음식 조각이 섞여 있는 문장이었을 가능성이 높다. 식탁을 사이에 두고 마주한 부모와 딸의 대화 속에서 잘려 나온 살덩이였거나, 열패감에 취한 남자가 침실 바닥에 쏟아 놓은 토사물이었을 수도 있다. 먼 국경을 돌아온 외국어이거나 단단한 꿈을 통과해 온 잠꼬대라면 해독할 수 없거나 오독할 수밖에 없다. 그래도 내가 흑인으로 태어났다는 사실만큼은 부정하지 않겠다. 모든 문장은 최초 투명하게 태어나지만 혀를 떠나 추락하면서 검게 그을린다. 그걸 주워 들고 씹으면 처음엔 혀가 검어지다가 내장과 혈액과 뇌수가 그렇게 되고 마침내 피부 전체가 검게 변한다. 물론 모든 문장이 이런 반응을 일으키는 건 아니다. 어떤 문장은 주변의 몰이해나 자괴감을 유발시켜 한 인간을 한동안 쓸모없는 존재로 만든다. 범죄자나 시체로 전락시키기도 한다. 하지만 어떤 문장은 한 인간의 영혼을 본래 이상의 수준까지 고양시킨다. 그러면 다음과 같은 과정을 거쳐 흑인이 된다. 우선 그는 자신의 운명이 이미 결정되어 있으며 오로지 모순과 결핍으로만 단련되고 있다는 사실에 놀란다. 그리고는 자신처럼 국가와 인종과 언어와 종교와 역사의 주류에서 추방된 인간을 폄훼하기 위해 발명된 단어가 흑인이라는 사실을 깨닫는다. 세계가 거대해지고 복잡해질수록 더 많은 흑인이 태어나고 그들의 헌신 덕분에 세계가 유지되고 있지만 정작 흑인은 자신의 삶이나 세계의 주인이 된 적이 없다는 사실에 불만을 지니게 된다. 그리하여 마침내 자신은 무성생식으로 태어났고, 자신의 부모를 살해한 것으로 추정되는 세상만이 자신의 바깥에 존재할 따름이며, 자신을 온전히 지켜내기 위해 끊임없이 이야기를 만들어 전파할 것이라고 선언한다. 왜냐하면 모순과 결핍을 이해하거나 거부하는 과정에서 이야기가 태어나기 때문이다. 그리고는 마침내 그의 첫 작품이 완성된다. 모든 흑인이 작가가 되는 건 아니지만 작가는 모두 흑인일 수밖에 없다. 그는 자신이 태어난 문장을 찾으려고 끊임없이 시도하되, 방금 찾아낸 문장을 즉시 폐기해야 하며, 반복되는 실패를 숨기려 하거나 미화하지 않는다. 무거운 문장일수록 더 빨리 추락하는 것은 아니지만, 진실에 더 가까운 것이 더 선명한 자국을 바닥에 남긴다는 사실을 인정한다. 하나의 문장을 두고 말하는 자와 듣는 자 중 후자는 항상 다수일 수밖에 없다. 이 글을 쓰는 동안 내가 흑인으로서 마지막까지 천착했던 문장은 이렇다.

"인간은 고독할 때 잠시 순수해진다."

2018년 1월

김솔

아무 일도 일어나지 않는
― '사용'하지 않고 소설을 읽는 일

황예인(문학평론가)

'사용'하지 않는 방식으로 다시 소설을 읽는 일이 가능할까. 소설이 존재하는 형태 그대로, 작가가 만들어 낸 이야기의 패턴 그 자체로 받아들인 게 언제였을까. 어떻게 사용해야 하는지 종잡을 수 없거나 사용할 필요를 자극하지 않는 것처럼 보이는 소설들 ― '지루하고' '난해하여' '잘 모르겠다'라는 식으로 평가되는, 그러나 실은 그렇게 말하는 이가 소설을 사용하는 데 실패했음을 가리킬 뿐인 ― 을 읽을 때조차도 '재미'라든지 '비밀'을 찾아내려고 애써 온 것 같다. 예컨대 사건들이 중요한 비중을 차지하지 않는 소설 속에서도 기어코 사건이라 할 만한 어떤 것을 발견해 내 그것이 만들어 낼지도 모를 재미를 상상하는 방식으로 읽어 왔다. '흥미로운 사건들의 연속으로 이루어지는 소설은 아니지만 여기에도 사건이라 부를 수 있을 만한 무언가가 있으며 독특한 쾌감을 준다.' 난 해해 보이는 작품일 경우 이를 하나의 질문으로 이해하고 숨겨진 답을 발견해 내고야 말겠다는 각오로 달려들기도 했다. '이 소설을 통해 작가가 제기하고자 하는 문제가 있으며 어떤 장면 안에는 그 자신조차도 모른 채 매복해 둔 비밀이 존재한다.'

이러한 진술이 소설을 부러 과장하여 상찬했다거나 필요 이상으로 의미화했다는 식으로 이해되어서는 곤란하다. 소설을 특정한 방식으로 읽어 극히 일부만을 취해 왔으면서도 불만족을 모르던 자의 고백일 뿐이다. 나는 이런 방식들을 택하여 소설을 읽는 것이 소설을 '잘' 읽는 것이라 착각해 왔던 것이다. 어쩌면 나는 그저 나 자신을 확인하는 용도로 소설을 사용해 온 것이 아닐까? 직업적으로 습득된 기술을 통해 소설을 분석하고 철학을 추출한 후 삶에 활용하는 식으로 소설을 읽어 온 것은 아닐까?

무엇보다 김솔의 소설을 사용하지 않는 방식으로 읽을 수 있을까? 먼저 위의 방식대로 읽어 나가며 소설이 어떻게 변형되는지 살펴보아야겠다.

*

    등장인물들의 풍부한 개성과 사건들의 강도(强度)를 확인하며 읽는 방식을 택하자. 그렇다면 이 소설은 "창업주는 동 카를로스 왕이 등극하던 1889년에 태어났다."(90쪽)라는 문장부터 시작된다고 말할 수 있겠다. 주인공이라 할 수 있을 창업주는 1910년 스물한 살에 동갑인 여자와 결혼하고 그 사이에 아들을 한 명 둔다. 그러나 그는 연금술에 깊이 빠져 자신에게 아내가 있는 줄 까맣게 잊어버린 채 하녀와 다시 결혼하고 이 둘째 아내로부터 딸과 아들을 하나씩 얻는다. 그리고 이 딸은 아버지가 누구인지 알려지지 않은 채로 열일곱 살에 딸을 하나 낳는다. 나중에 이 손녀가 창업주를 가장 가까이에서 또 마지막까지 돌본 유일한 피붙이가 된다.

    여기에 또 한 명의 중요한 인물이 있는데 창업주에게 연금술을 가르쳐주고자 했던 스승이다. 창업주는 포르투의 가난한 부두 노동자의 셋째 아들로 태어나 스스로 끼니를 마련해야 했기에 브라질까지 흘러든다. 파우 브라질이란 나무에서 값비싼 붉은 염료를 얻어 낼 수 있다는 사실을 알게 된 그는 브라질 나무의 거대 군락지를 찾아 들어갔다가 그곳에서 스승을 만난다. 그는 5년 동안 스승으로부터 연금술 수련을 받지만 그의 실험은 단 한 차례도 성공하지 못한다. 실망한 그는 스승과 헤어지기로 하고 스승이 남겨 둔 시약병 하나와 실험 일지 한 권, 납 한 덩어리와 자신의 이름이 새겨진 나무 스푼만을 손에 쥔 채 다시 포르투로 돌아오게 된다. 그후 창업주는 스승을 만나지 못하는데 그럼에도 불구하고 자신의 운명이 스승의 보호를 받고 있다는 생각을 하게 된다.

스승으로부터 배운 신비한 붉은 페인트를 재현하는 일에 골몰하는 창업주에게 생계는 뒷전이었으므로 첫째 아내는 그의 실패작들을 몰래 가져다 판다. 집 앞을 지나던 집시들이 이 페인트를 다양한 방식으로 소비했는데 과연 신비한 페인트인지라 잊고 싶지 않은 것들 위에 칠하면 망각과 부패를 견디게 해 준다는 소문이 돌면서 수요는 급격히 증가한다. 그러자 첫째 아내는 한때 포르투 와인을 저장하던 창고에 페인트 생산에 필요한 설비와 재료를 갖춘 뒤 항구의 일용 노동자들을 끌어모아 본격적으로 대량생산을 시작한다.

이 이야기의 등장인물은 스승과 창업주, 그의 두 명의 아내와 세 명의 자녀, 그리고 한 명의 손녀라 할 수 있다. 이들은 "신비로운 붉은 페인트에서 시작된 비극이 가계도를 따라 창업주와 가족 모두에게 맹독처럼 흘러들"(99쪽)었다는 설명처럼 붉은 페인트와 관련된 이야기의 요소들을 조금씩 나누어 갖는다. 스승은 창업주에게 연금술을 가르치며, 창업주는 이를 재현하고자 하며, 첫째 아내는 이를 생산화하고, 첫째 아들은 이를 탈취하려 하나 실패하며, 둘째 아들은 진정한 후계자의 자격을 갖추었기에 스스로 죽음을 택하며, 손녀는 최후에 이 비밀을 공유받는다.

하지만 이러한 정리가 온당한가? 이는 소설의 일부분일 뿐으로 특정 이야기들을 건너뛰어야만 조합될 수 있는 줄거리이다. 인물과 사건에 주목하는 동안 '회사'의 이야기는 시야에서 사라지고 만다. 회사는 살아 있는 유기체처럼 묘사되고 있기는 하지만 인물들과 같은 방식으로 사건과 관계를 맺지 않기에 이 읽기 방식에서는 무대 뒤편으로 물러나 있는 것처럼 느껴진다. 마치 설화(說話)처럼 흘러가는 창업주와 그의 주변 인물들의 이야기가 주는 흥미진진함에 견주어 본다면, 회사가 어떤 이유들로 소멸을 향해 가며 부침(浮沈)을 겪었는지 설명하는 부분은 관심의 대상이 되기 어려울 듯하다.

이 읽기 방식을 통해 소설은 100년 가까이 된 회사의 소멸과 그 전사(前史)를 이루는 인물들의 이야기가 뒤섞인 별로 흥미롭지 않은 작품이 된다. 적극적인 독자라면 아쉬움을 느끼며 다음과 같이 생각할 수도 있을 것이다. '이 작가가 '불필요한' 회사의 분량을 과감히 줄이고, 그 전사를 이루는 인물들의 이야기를 더 풍부하게 만들었다면 좀더 '재미있는' 이야기를 되었을 텐데.' 하지만 이런 식이라면 이 소설의 제목은 '신비로운 붉은 페인트의 비밀'이 되는 편이 나았을 것이다.

*

　그렇다면 소설이 하나의 질문이고 다 읽고 났을 때 어떤 답을 쥐게 된다는 관점에 따라 읽어 보면 어떻게 될까? 이 읽기 방식이라면 소설의 맨 앞과 맨 뒤에 인용된 조지 오웰의 문장들을 나침반으로 삼지 않을 수 없을 것이다. 조지 오웰의 『1984』는 알다시피 전체주의가 미래를 지배한다는 상상력으로 씌어진 반유토피아적 소설이다. 당이 사상과 과거를 통제하여 인간성을 박탈하는데, 주인공인 윈스턴 스미스는 이에 저항하려는 인물이다. 그는 당의 반대 세력인 지하조직에 가담하나 오브라이언의 음모에 빠져 고문을 받는다. 오브라이언은 당은 권력 그 자체를 위해 권력을 추구할 뿐이며 무엇에 의해서도 결코 함락되지 않을 것이라 주장하는 인물이다. 윈스턴은 불굴의 정신력으로 당은 결국 인간에 의해 무너질 것이라는 믿음으로 맞선다.

　"자네는 신을 믿나?"
　"안 믿습니다."
　"그럼, 우리를 패배시킬 거라는 그 원칙은 뭔가?"
　"모르겠습니다. 인간의 정신이라고나 할까요?"
　"자네는 자네 자신을 인간이라고 생각하나?"

"네."

"이보게, 윈스턴. 자네가 인간이라면 자네는 마지막 인간일세. 자네와 같은 인간들은 이미 멸종됐네. 우리가 그 후계자들이지. 자네는 '혼자'라는 걸 알고 있나? 자네는 역사 밖에 있고, 이 세상에 존재하지 않는 인간이네. 우리가 거짓말을 하고 잔인하다 해서 자네는 자네 자신이 우리보다 도덕적으로 우월하다고 생각하는 거지?"

그가 태도를 바꾸어 거칠게 말했다.

"그렇습니다. 제 자신이 더 낫다고 생각합니다."

강조한 문장 중 첫 번째는 오브라이언의 질문으로 『보편적 정신』의 문을 여는 제사(題詞)로 쓰이고 있으며, 이어지는 두 문장은 윈스턴의 대답과 오브라이언의 반문으로 이 소설의 맨 끝에서 문을 닫는 역할을 하고 있다. 그러니 질문과 답변 사이에 놓인 『보편적 정신』은 두 사람 사이에 끼어들어 소설적 대화를 이어나가고자 하는 작가의 시도로 읽힐 수 있다.

오브라이언: 그럼, 우리를 패배시킬 거라는 그 원칙은 뭔가?"

김솔: 창업주의 유일한 손녀, 그러니까 붉은 페인트의 제조 비밀에 대해 알고 있다고 알려진 다섯 명의 원로들 가운데

가장 나이 어린 그녀가 죽었을 때, 회사는 비상 경영 체제를 선언하고 사업의 미래를 걱정하지 않을 수 없었다. (……) 뜨거운 냄비 안에서도 창업주는 결코 죽지 않겠지만, 대서양으로 돌아가려면 먹음직스럽게 익은 일곱 개의 다리와 몸통을 매번 그들의 성스러운 허기에 고스란히 바쳐야 할 것이다.

윈스턴: 모르겠습니다. 인간의 정신이라고나 할까요?

오브라이언: 자네는 자네 자신을 인간이라고 생각하나?

이제 이 읽기 방식의 목표는 긴 이야기를 한두 줄로 간단하게 번역해 내는 것이 된다. 번역을 위해 소설의 문장과 장면은 일종의 자료처럼 수집되는데, 이때 중요한 자료들은 창업주와 그 주변 인물 쪽이 아니라 회사 쪽에 좀 더 많이 분포되어 있으리라 추측할 수 있다. 예컨대 EHS팀이 사라지면서 생겨난 불길한 사건들은 작가의 인간관과 세계관을 추측할 수 있게 해준다. 폐수를 만병통치약으로 알고 달려드는 원주민 시위대는 인간의 어리석음을, 시위대를 돕기로 했던 반군의 배신과 폭력은 인간의 잔악함을 보여 준다. 또한 하청 노동자들의 열악한 처우를 고발하던 남자가 감옥살이를 하고 나와 대중 강연자로 유명세를 이어나가는 장면은 인간들이란 통째로 구제불능이라고 말하고 있는 듯하다. 이런 식으로 화자는 멀리서 인간 세상을 내려다보며 '인간의 정신' 운운하는 윈스턴을 부정하고 있는 게 아닌가? 그러므로 소설의 제목이기도 한 '보편적 정신'에 대해 화자가 직접 설명하고 있는 부분은 '인간의 정신'이라 할 만한 것 중 과연 무엇을 취하고 믿을 수 있는지 추측할 수 있게 해 준다는 측면에서 중요한 자료가 된다. "인간에 대한 최소한의 믿음, 환경에 대한 최소한의 채무 의식, 역사에 대한 최소한의 경외감이야말로 인간이 지닐 수 있는 보편적 정신이 아닐까."(158쪽)

이 읽기 방식을 통해 『보편적 정신』은 인간이란 야만과 폭력의 역사를 만들어 내는 구제불능의 존재이지만 통제 불가능성 때문에 오히려 최소한의 어떤 것들을 지켜낼 수 있는 존재라고 '주장'하는 소설이 된다. 그리고 바로 이러한 주장을 '추출'해 낸 덕분에 누군가는 그 한계를 다음과 같이 지적하게 될 것이다. '좀 '소박한' 주장이 아닌가? 게다가 창업주와 그 주변 인물들의 이야기는 이러한 주장을 모호하게 만들고 있다. '문제의식'을 더 밀고 나갔더라면 훨씬 '급진적인' 작품이 되었을 텐데.' 하지만 이런 식이라면 이 소설은 '『1984』의 2017년 버전'으로만 존재하게 되는 것이 아닌가?

*

긴 이야기를 몇 문장으로 정리해 내는 일. 하지만 그 행위와 결과물에 작품을 읽게 만드는 힘이 없다면, 그 때문에 읽었다는 착각을 하게 만든다면 과연 그런 것이 해설이 될 수 있을까? 읽기 전에는 감각할 수 없다고, 그것도 수차례 반복하여 읽지 않는다면 제대로 느낄 수 없다고 말하는 것만이 지금 할 수 있는 최선인 것 같다. 물론 어떤 읽기 방식이 더 우월하다고 말하려는 것은 아니다. 단지 '사용'을 전제로 한 각자의 독법은 소설을 변형시키며, 그렇기 때문에 이를 유지하는 한 우리가 어떤 소설을 온전히 알기란 어렵다는 말을 하는 것뿐이다. 한 사람이 말하는 방식, 그가 사용하는 어휘들과 화법, 톤의 변화, 문장의 나열 방식 같은 것들이 아니라면 어째서 소설을 읽어야 하는 걸까? 이 이유 말고는 소설을 읽을 이유가 당분간은 없을 것 같다. 작품이 말하는 방식을 충분히 '감각'할 수 있게 되었을 때 우리 안에 새로운 독법이 마련될 것이므로.

*

이에 따라 『보편적 정신』을 읽어 본다면, 두 권의 종이 뭉치들이 약간씩 펼쳐진 채 위아래로 어긋나게 놓인 구조를 가지고 있음을 알 수 있다. 편의상 위에 놓인 종이 뭉치를 '상권'이라 하고 아래에 놓인 종이 뭉치를 '하권'이라 부르자.

상권의 주인공은 '회사'로 회사의 흥망성쇠는 다양한 가치들이 경합하는 자본주의의 발전사 속에 놓여 있다. 수많은 법칙과 이론, 전문 용어 들을 동원하여 이를 설명하는 화자의 목소리는 건조한 보고서를 닮아 모든 극적인 순간들을 지극히 단조롭게 느껴지도록 만든다. 하권의 주인공은 '창조주'로 그의 입장에서 회사의 전사(前史)와 소멸의 역사가 서술된다. 이때 화자의 목소리는 이 과정에서 인용되고 있는 마르케스의 『백년의 고독』을 닮아 있어(하권 자체가 창조주의 '백년의 고독'이기도 하다) 진위를 판별할 수 없는, 세상을 오랫동안 떠도는 이야기를 듣고 있는 것처럼 느껴진다.

이 목소리들은 같은 시기에 일어난 사건을 서로 다른 이야기를 통해 전하기도 한다. 예컨대 상권에는 제2차세계대전이 발발하기 직전 테일러 시스템에 저항하려다 70퍼센트의 직원이 해고된 사건(76~78쪽)이, 하권에는 첫째 아내가 생선 행상이었던 자신의 이미지를 바꿔 보려다 이것이 실패하자 분노를 참지 못하고 70퍼센트의 직원들을 해고하는 사건(141~144쪽)이 서술되고 있다. 대량해고라는 사건은 동일하나 직원들의 저항과 설립자(앞서 말한 것처럼 첫째 아내는 페인트가 본격적으로 대량생산될 수 있게 만든 장본인이다)의 분노로 그 원인이 각각 다르게 설명되고 있다.

두 이야기가 그려 나가는 궤적을 따라갈 때 역시 비슷한 문제와 맞닥뜨리게 된다. 상권에서 회사는 위기를 극복하기 위해 붉은 페인트의 제조 비밀을 찾으려 한다. 상권의 궤적은 엄연히 이 비밀을 탐색하고 지켜내려는 힘으로부터 비롯된다. 그러나 하권에서 화자는 창업주가 이 비밀을 감추려 했음을 꾸준히 암시하는 한편 "포르투 곳곳을 드나들면서 혹시라도 자신이 흘렸을지도 모를 신비로운 붉은 페인트에 대한 비밀을 찾아내어 폐기하고 있을 것이다"(157쪽)라는 직접적인 시술을 통해 이를 강화한다. 즉 그 비밀을 재현하기 위해 평생을 바친 듯 보였던 창업주는 실은 그 반대 방향으로 움직이면서 회사를 방해했을지도 모른다는 것이다.

그러니까 어느 부분도 건너뛰지 않고 고르게 이 소설을 읽는 데 성공한 독자라면 『보편적 정신』에서 일어나고 있는 아래와 같은 과정을 충분히 감지해 낼 수 있을 것이다. 보고서의 목소리와 설화의 목소리, 비밀의 탐색과 비밀의 폐기, 소멸을 막으려는 노력과 소멸을 부추기려는 시도……가 동시에 일어나는 이야기, 그래서 어떤 변화도 나타나지 않는 것처럼 보이지만 실패가 단지 실패로 남지 않는 역설이 가능해지는 이야기.

스승이 사라진 뒤에야 창업주는 자신과 스승이 동일한 목적과 방법과 재료로 실험을 진행했으며, 자신이 한쪽 방향으로 비가역반응을 일으키는 동안 스승은 반대 방향으로 가역 반응을 일으키고 있었기 때문에 그들의 실험이 항상 실패했다는 사실을 깨닫게 되었다. 그러니까 창업주의 실험은 매번 완벽하게 실패했지만 스승의 실험은 그저 실패처럼 보였을 뿐 단 한 번도 실패한 적이 없었던 것이다. 하지만 어린 창업주에겐 인생의 진리를 단숨에 알아차릴 지혜와 인내심이 없었다.(136쪽)

어쩌면 '사용'하지 않고 소설을 읽는 일은 해석의 '한 방'이 주는 쾌감을 잃어버리게 만드는 대신 아무것도 일어나지 않는 것처럼 보이는 과정을 충실히 느낄 수 있도록 이끄는 게 아닐까. 이것이 김솔의 『보편적 정신』을 읽는 동안 내게 일어난 일이다.

오늘의
젊은 작가
18

보편적 정신

김솔 장편소설

1판 1쇄 펴냄 2018년 1월 5일
1판 4쇄 펴냄 2023년 5월 22일

지은이   김솔
발행인   박근섭·박상준
펴낸곳   (주)민음사

출판등록   1966. 5. 19. 제16-490호
주소   서울시 강남구 도산대로1길 62(신사동)
           강남출판문화센터 5층(06027)
대표전화   02-515-2000 | 팩시밀리 02-515-2007
홈페이지   www.minumsa.com

ⓒ김솔, 2018. Printed in Seoul, Korea

ISBN 978-89-374-7318-0 (04810)
ISBN 978-89-374-7300-5 (세트)

당신이 소장해야 할 한국문학의 새로움, 오늘의 젊은 작가 시리즈